KB123955

로크미디어가
유혹하는
재미있는 세상

ROK
MEDIA
로크미디어

이것이 법이다

이것이 법이다 93

2020년 8월 10일 초판 1쇄 인쇄
2020년 8월 13일 초판 1쇄 발행

지은이 자카예프
발행인 이종주

총괄 김정수
경영 지원 배진경 임혜솔 송지유

기획 이기헌 왕소현 박경무 강민구
책임 편집 최전경

발행처 (주)로크미디어
출판등록 2003년 3월 24일
주소 서울시 마포구 성암로 330 DMC첨단산업센터 3층 318호, 319호
Tel (02)3273-5135 **편집** 070-7863-8592 Fax (02)3273-5134
홈페이지 rokmedia.com E-mail rokmedia@empas.com

ⓒ 자카예프, 2015

값 8,000원

ISBN 979-11-354-5677-0 (93권)
ISBN 979-11-255-9575-5 04810 (세트)

이것이 법이다

93

자카예프 장편소설

로크미디어

CONTENTS

안 한 걸 증명하기

"심 사장님이랑 클로버, 어떻게 해결할 생각이세요? 전 솔
직히 답이 안 보이는데요."

"쉽지는 않지요."

당장 클로버의 가장 큰 문제는 하지 않은 걸 증명하는 것
이다.

"규연이라고 했나요? 그 애가 낙태를 하지 않은 건 확실하
지요?"

"네, 확실해요. 그 애 나이가 고작 스물두 살이에요."

스물두 살. 물론 연예인으로서도 한창인 나이고 여자로서
도 가장 아름다운 시기다.

"하지만 남자를 만나는 것은 기회라고요."

"기회라……."

"제가 알기로는 규연이 그 애, 열세 살 때부터 합숙소에서 살았어요."

"네? 그렇게 오래요?"

"심 사장님이 사업적 재능이 없어서 그렇지 좋은 사람이에요."

규연은 원래 고아원에서 살았다.

부모님이 없는 건 아니다.

하지만 사업을 하다가 망하자 아버지는 돈을 벌어 오겠다면서 원양어선을 탔고 어머니 역시 지방을 전전하면서 돈을 벌고 있다.

"그렇게 번 돈도 대부분은 빚을 갚는 데 쓰였고요."

당연히 기존에 살던 집 역시 경매로 빼앗기면서 갈 곳이 없었던 상황.

"암울한 상황이었네요."

"어찌 되었건 그런 상황에서 심 사장님이 받아 준 거죠."

물론 그녀에게 재능이 없었다면 아무리 사람이 좋아도 턱도 없는 소리일 테지만, 심한규는 그녀의 재능을 알아봤다.

"그래서 열세 살부터 합숙소 생활을 했다라……."

애초에 거기서 나가도 갈 수 있는 곳은 고아원뿐이다.

"합숙소에서 이성을 만나서 낙태를 해요? 말도 안 된다고요."

연습생용 합숙소는 다른 여자애들과 같이 쓰니 그곳에서 일탈을 하면 사장이 모를 수가 없다.

"더군다나 규연이는 누구보다 필사적이었어요."

그녀는 지금도 술 한 모금 할 줄 모른다.

어서 돈을 벌어서 헤어진 가족과 다시 함께 살고 싶다는 꿈 하나로 달려왔기에, 혹시라도 실수를 해서 나락으로 떨어질까 두려워서 술은커녕 그 흔한 SNS도 하지 않았다고 한다.

"어마어마하네요."

노형진은 자신도 모르게 혀를 내둘렀다.

젊은, 아니 어린 나이에 그런 생각까지 하는 건 쉬운 일이 아니니까.

"그런 애가 낙태를요? 말도 안 돼요."

고연미는 고개를 흔들었다.

그녀가 데뷔할 때 규연이는 연습생이었기 때문에 몇 번이나 마주친 적이 있다. 그래서 누구보다 강하고 누구보다 절실한 아이가 규연이라는 걸 알고 있었다.

"애초에 걘 노래 부르고 춤추는 거 싫어하는 아이예요."

"네? 아니, 가수잖습니까?"

"재능이 꼭 취향과 맞는 건 아니니까요."

"이런."

엄밀하게 말하면 규연의 성격은 조용히 공부하는 스타일.

진짜 고연미처럼 진득하게 앉아서 사법시험이나 준비해야 할 타입이었다.

하지만 돈을 벌기 위해 모든 걸 내려놓았고, 심지어 자신의 성격도 바꾸려고 노력했다.

"그 애, 그래서 노래방에 가도 가수가 한 곡을 안 불러요."

"흠······."

물론 그렇게 극단적으로 성공을 갈구했다면 성 접대를 했으리라는 의심도 받을 수 있다.

하지만 심한규의 스타일을 본다면 절대로 아니다.

만일 심한규가 그런 성 접대를 하는 스타일이었다면 애초에 이런 문제가 터지지도 않았을 것이다.

"확실히 불쌍하기는 한데······."

노형진은 눈을 찡그렸다.

불쌍하기는 한데, 그렇다고 어떻게 뒤집는 것이 쉬운 일은 아니었으니까.

"당장 고성균을 공격하는 건 쉽지 않고요."

이런 소문을 낸 것은 다름 아닌 고성균이다.

그리고 그가 있는 한 자신들이 아무리 항변해도 절대 언론에서는 이야기를 들어 주지 않는다.

"지금이야 언론에서 신나게 뜯고 있지만."

노형진은 진지하게 생각에 빠졌다.

"인터넷에 올리는 건 안 될까요?"

"힘들 겁니다. 인터넷은 누구나 올릴 수 있기에 확실히 인터넷에서 제대로 터지면 금방 퍼지죠. 하지만 그렇기에 인터넷은 공신력이라는 게 없습니다."

정보의 바다라고 불리는 인터넷이다.

그런데 바다라는 공간에는 별의별 것이 다 있다.

물고기도 있고 해초도 있지만, 대한민국 땅보다 더 넓은 땅을 덮을 수 있는 쓰레기도 존재한다.

"언론과 인터넷이라는 공간은 비슷하지만 전혀 다르죠."

인터넷은 검증이 어렵다. 그리고 공신력이 없다.

반대로 언론은 최소한 공신력은 있다.

아니, 그렇게 보인다.

"언론에 공신력이 있다고요? 까는 소리 하고 있네요."

고연미는 자신도 모르게 비웃음을 날렸다.

연예인으로서 그리고 변호사로서, 그 말은 개소리라는 걸 누구보다 확실하게 배웠으니까.

"더군다나 우리가 한다고 해도 고성균이 어떻게 해서든 막을 테지요."

사주 집안이라면 당연히 그 정도의 능력은 있다.

"그러면 어떻게 하지요? 제가 어떻게 할 수 있는 게 없나요?"

"어떻게 할 수 있는 거라······."

곰곰이 생각을 하던 노형진의 머릿속에 문득 스치는 게 있었다.

"혹시 시기에 대해 아십니까?"

"네?"

"그 낙태했다는 시기 말입니다."

"글쎄요, 저는 잘 모르겠어요. 들어 보지를 못했네요."

심한규는 그런 것에 대해 말한 적이 없다.

그냥 그런 소문이 있다는 소리만 했다.

"그러면 심한규 씨는 그것에 대해 아십니까?"

"모르죠. 확인해 봐야겠네요. 그런데 그게 중요한가요? 애초에 헛소문인데."

"헛소문이니까 중요한 겁니다."

노형진의 얼굴에 진득한 미소가 떠올랐다.

"보통 하지 않은 걸 하지 않았다고 증명하는 건 불가능하죠. 하지 않은 건 행동에 없으니까."

"그래서요?"

"그래서 시간이 중요한 겁니다."

"도무지 이해가 안 가는데요?"

고연미는 눈을 찌푸렸다. 하지 않은 걸 증명하는데 왜 시간을 특정해야 한단 말인가?

"제가 말했지요, 노이즈 마케팅은 뒤집는 게 핵심이라고?"

"네."

"그리고 그걸 뒤집기 위해서는 시간이 중요합니다. 뭐, 일단 해 보시면 알 겁니다."

노형진은 어깨를 으쓱하며 말했다.

"그러기 위해서는 심한규 씨에게 제대로 확인해 봐야겠네요."

심한규에게 확인한 결과 인터넷에 도는 소문에는 시간이나 장소를 특정할 수 있는 정보가 없었다.

"너무 뻔하다고 해야 하나요?"

노형진은 고연미가 가지고 온 답변서를 보면서 피식 웃었다.

"하긴 이런 소문을 낼 때는 명확하게 내지 않으니까. 명확하게 내면 그 시간을 이쪽에서 부정할 수가 있으니까…… 아하! 그래서 지난번에 시간을 물어보신 거군요."

시간이 특정되면 그 시간에 이쪽에서 뭘 했다고 증명할 수가 있다.

그래서 이러한 음해성 소문은 절대로 정확한 시간이나 장소 같은 걸 특정하지 않는다.

"그러고 보니 그 이사라는 작자는 어떻게 되었습니까?"

"바로 잘렸대요."

그가 전에 일하던 회사에 확인해 보니 그는 스스로 그만둔 게 아니라 해직당한 거라고 했다.

"이유는요?"

'연예계에서 이사까지 올라갈 정도의 실력이면 쉽게 자르지는 않을 텐데.'라고 중얼거리면서 노형진은 고개를 갸웃했다.

"홍보 팀을 이끌었다는데요, 홍보의 홍 자도 몰랐대요."

"네? 홍보 팀의 이사라면서 몰랐다는 게 말이 됩니까?"

"정확하게는 현대의 홍보 방식을 몰랐던 거죠."

"역사를 놓친 거군요."

시대가 바뀌면서 홍보 방식도 바뀌었다.

전의 홍보 방식은 언론사가 주류였다.

과거에는 조간신문을 펼치면 신문 사이에서 우수수 홍보 전단이 떨어지곤 했다.

"하지만 시대가 바뀌자 먹히지 않게 되었죠."

당장만 봐도, 종이 신문을 구독하는 사람이 거의 없다.

시대의 흐름에 따라 인터넷 블로그, SNS, 인터넷 방송 등등으로 보도되는 방식이 바뀌었지만, 나이 먹은 사람들은 그런 새로운 방식으로 보는 법을 배우는 걸 힘들어한다.

"그래서 그런 걸 엉뚱하게 해석해서 대형 사고를 쳤다고 하더라고요. 비코 만세 사건 아세요?"

"비코 만세 사건?"

"네. 일본에서 활동하는 보이 그룹이에요."

그는 일본에서 잘 보이기 위해 만세, 그러니까 반자이를 외치도록 했다.

물론 반자이라는 게 한국에서는 기분 나쁜 단어이지만 일본에서는 그 정도는 아니다. 그러니 일본에서는 홍보를 제대로 할 수 있었을지도 모른다.

"그런데 코디랑 이야기하지 않은 게 문제였죠."

그의 입장에서는 코디는 말 그대로 임시직 하급 직원이라 그를 빼고 계획을 짰고, 코디는 아무 생각 없이 옷을 입혔는데 그게 하필이면 욱일기였던 것.

"거기에다 그날이 하필이면 천황 생일이었다네요."

욱일기 입고 일본 공중파에서 반자이를 외쳤으니 그 꼬라지가 어땠을지는 뻔하다.

"중국과 아시아 쪽 팬들이 상당수 이탈한 모양이에요."

"멍청하긴."

노형진은 혀를 끌끌 찼다.

"변호사인 나도 광고의 개념은 알고 있는데 뭔 놈의 이사가 그 지경입니까?"

"원래 로드부터 시작한 사람이기는 하지만 아시잖아요, 결국 그릇이라는 게 있다는 거."

"이해합니다."

많은 매니저들이 꿈을 가지고 로드부터 시작하지만, 로드를 잘한다고 해서 뭐든 잘하는 건 아니다.

"그래서 해직당했다고 하더라고요."

"해직이라……."

노형진은 턱을 문질렀다.

물론 실수일 수는 있다. 하지만 그것치고는 석연치 않다.

"아마도……."

"아마도?"

"그거 말고 또 있을 겁니다."

"네? 어째서요?"

"실수입니다. 사실 우연이 우연을 만들어 낸 결과인 거지, 그 이사가 100% 잘못한 건 아니거든요."

그가 욱일기를 입히라고 한 것도 아니고. 사실 한국 사람이 천황의 생일을 기억하고 다닐 일도 없다.

말 그대로 운이 더럽게 꼬인 것뿐이다.

"보통 그 정도로 해직까지 당하지는 않죠. 더군다나 로드부터 시작해서 이사까지 오를 정도로 회사에 충성한 사람은요."

"그럼 우리한테 말하지 못하는 다른 게 있다는 건가요?"

"아마도?"

노형진은 눈을 찌푸렸다.

"브로커일 겁니다."

"네?"

고연미는 자신도 모르게 흠칫 떨었다.

"그 사람이요?"

"네, 그렇지 않다면 말이 안 됩니다."

그 정도 경험이 있는 사람이 역풍을 예상하지 못했다?

그건 말도 안 된다.

"회사에서 아무 상관 없는 그를 홍보 팀에 보내지는 않았을 테니까요."

당연히 홍보에 대해 일가견이 있을 가능성이 높다.

"물론 그 방식이 과거 방식이니까 문제가 되겠지만요. 하지만 반대로 말하면, 과거 방식이기 때문에 기자들의 습성에 대해 잘 알 겁니다."

과거에는 홍보의 대부분이 기자들과 언론을 통해 이루어졌으니까.

"그런데 역풍이 불가능할 거라는 걸 몰랐을 리가 없죠. 더군다나 상대방이 언론사 사주라면요."

"하지만 역풍을 노린다고 그걸 터트리려고 한 건 이사예요."

"역풍이 불지 않을 게 뻔하니까요."

역풍은 없다.

그러면 일반적인 연예 기획사 사장들은 어떻게 행동할까?

고성균이 공격을 했다는 건 의심할 수 없는 상황.

"일반적인 사장이라면 당연히 고성균에게 달려가서 살려 달라고 빌 테죠."

"아……."

쉽게 말해서 이건 이중 함정이었던 것이다.

한 번은 당당하게, 한 번은 압박으로 말이다.

"그런데 왜 원래 회사에서는……?"

"만일 브로커 노릇을 해서 잘랐다고 하면 어떻게 되겠습니까? 해당 회사에 소속된 가수나 연예인이 성 접대로 떴다는 이미지가 생길 수밖에 없지요."

당연히 쉬쉬하면서 자를 수밖에 없었으리라.

"이런 미친놈."

고연미는 아연실색한 표정이 되었다.

그렇게까지 여자를 노릴 줄은 몰랐으니까.

"아마 원래 회사에 물어봤다고 해도 이야기는 안 해 줬겠네요."

추문은 추문이고, 심한규는 라이벌이다.

그러니 그가 들어가서 사고 치면 강력한 라이벌 하나가 사라지는 거니까…….

"심 사장님은 진짜 이번에 운이 없었네요."

"그런 것 같습니다. 일단은 잘랐다고 하니 다행이네요."

"하지만 여전히 해결은 못 하고 있잖아요."

"이제 해야지요. 우선은 시간과 장소를 특정해야 합니다."

"시간과 장소를 특정한다고 해서 우리가 그걸 증명할 수는 없잖아요."

애초에 인터넷에 시간과 장소는 특정되어 있지 않다.

그러니 그 시간에 우리는 다른 곳에 있었다는 말은 통하지 않는다.

"물론 그렇지요. 하지만 우리 대신에 변명해 줄 사람이 있지요."

"네? 누가요?"

"글쎄요."

노형진이 방긋 웃자 고연미는 왠지 소름이 돋는 것을 느꼈다.

다음 날부터 인터넷에 이상한 소문이 돌기 시작했다.

물론 정확한 소문은 아니었다.

하지만 지금까지 돌던 소문과 붙어서, 그 소문은 걷잡을 수 없이 퍼졌다.

규연이 낙태한 게 1년 전이라더라.

서울의 모처에서 낙태 수술을 받았다더라.

애아버지가 입을 다무는 조건으로 1억 원이나 줬다더라.

"이게 뭔 소리야? 우리가 이런 소문도 냈나?"

고성균은 그걸 보고 헛웃음을 지었다.

하지만 그의 얼굴은 곧 밝은 미소로 가득해졌다.

"원래 무식한 놈들은 뭐 하나 물면 다 물어뜯어도 되는 줄 알지 않습니까?"

"그러니까 우리가 물어뜯기 시작하자 알아서 허위 사실을 만들어 내기 시작했다 이거군."

"그렇습니다."

"허허, 이러니까 개돼지라는 거야."

고성균은 어떻게 해서든 클로버를 품에 안고 싶었다.

특히 그 규연이라는 년은 몇억을 주더라도 꼭 자기 여자로 만들고 싶었다.

물론 사랑해서는 아니다.

다만 전리품으로 그만한 게 없다 싶었기 때문이다.

"그런데 그 심한규는 아직도 버티고 있어?"

"네. 마지막으로 나온 정보에 따르면 자기 소속사에 있던 고연미에게 도움을 청하기 위해 새론에 갔다고 합니다."

"새론에?"

고성균은 살짝 눈을 찌푸렸다.

하지만 이내 고개를 흔들었다.

"그 새끼들이 어떻게 할 방법은 없지?"

"전혀 없습니다. 이건 소송을 한다고 해도, 이미 만들어진 사건을 뒤집을 수는 없으니까요."

"그건 그렇지, 하하하!"

언론사 사주이기에 그는 언론의 속성을 누구보다 더 잘 알고 있었다.

이쪽에서 입을 다물고 있으면 누구도 자신들을 이기지 못한다.

그리고 입을 다무는 건 불법이 아니다.

"하여간 그 심한규라는 놈은 무식하다니까. 연예인에게는 무관심이 안티보다 더 무섭다는 걸 몰라요."

최소한 안티라도 있으면, 그리고 계속 이름이 오르내리면 그 자체로 홍보가 된다.

그래서 노이즈 마케팅을 하는 거고.

"하지만 언론사에서 완전히 입을 다물어 버리면 그건 절대로 어쩔 수 없지."

누구도 그에게 관심을 가지지 않으니까.

"이걸 어떻게 할까요?"

"어떻게 하긴. 당장 기사 올려."

자기들이 만든 것도 아니고 인터넷에서 도는 소문이다. 그런 걸 기사화시키는 건 딱히 불법도 아니다.

"하지만 그 애아버지가 누군지도 모르는데요."

"그게 중요해? 중요한 건 그 개잡년이 낙태를 했다는 이미지란 말이야. 자기가 살고 싶으면 알아서 달려오겠지."

고성균은 피식 웃으며 말했다.

"살기 싫으면 죽여 버리면 그만이고 말이야."

⚖

"아아."

심한규는 절망적으로 얼굴을 부여잡았다.

그리고 그 앞에서는 클로버가 완전히 푸르죽죽한 얼굴을 하고 있었다.

"미안하다, 미안해……. 내가 못나서 너희들을 지키지 못했구나."

심한규는 나락으로 떨어진 기분이었다.

어떻게 해서든 막아 보려고 했다.

하지만 처음에는 인터넷으로, 그 이후에는 지라시로 이번에는 모든 언론사가 달려들어서 클로버를 물어뜯고 있었다.

"사장님, 그러면 어떻게 해요?"

"우리 이대로 끝인 건가요?"

다들 너무나 힘든 표정이었다.

"지금이라도 너희들을 놔주면……."

그래도 한때 1등을 했던 클로버다. 다른 소속사로 간다면 지원을 받을 수 있을지도 모른다.

그러면 그들이 고성균을 막아 줄 수 있을지도 모른다.

"그건 아니에요."

하지만 다들 반대했다.

특히나 규연은 누구보다 더 강하게 반대했다.

"고성균이 이미 노리고 있다는 걸 알면서 누가 우리를 받아 주겠어요? 그리고 설사 받아 준다고 해도 고성균이 우리를 포기하진 않을 거잖아요. 또 우리가 이제 와서 해체한다고 한들, 다른 그룹에 가서 섞일 수 있는 것도 아니구요."

"하지만 1위까지 한 실력이 있으니……."

"우리 모두가 모여서 한 1위예요. 해체하고 다른 그룹에서 다시 데뷔한다고 해도, 다시 그 길을 걸을 수 있을 거라는 보장은 없잖아요."

"하지만⋯⋯."

심한규는 그런 규연을 보면서 가슴이 너무 아파 왔다.

그가 어려서부터 키운 보석 같은 아이. 누구보다 재능 있고 아름다운 아이.

그런 아이가 더러운 한 남자의 욕망 때문에 망가진다는 것이 용납이 되지 않았다.

"이렇게 된 이상 방법은 하나밖에 없어요."

규연은 입술을 깨물었다.

"내일 제가 고성균을 찾아갈게요."

"규연아!"

"언니!"

"절대 안 돼, 언니!"

다들 깜짝 놀라 말렸지만 규연은 마음을 굳혔다.

"제 자존심이 문제가 아니잖아요. 여기에 걸린 인생이 몇이에요? 저뿐만 아니라 클로버 인생도 걸렸잖아요. 거기에다 사장님은요? 그리고 같이 일하는 분들은요? 제가 잠깐만 자존심을 죽이면, 그러면⋯⋯."

규연은 말을 하면서도 점점 힘이 빠졌다.

그녀도 절대 그러고 싶지 않다. 하지만 현실의 벽은 너무나 높았다.

그래서 어쩔 수 없이 꺾이는 것뿐이라고, 그녀는 스스로에게 세뇌하듯 중얼거렸다.

"저한테 중요한 건 가족과 함께 사는 것뿐이에요. 그걸 위해서라면 전 뭐든 할 수 있어요."

그때 대답이 들려왔다.

"거짓말하지 마. 전에 네가 그랬잖아, 이제는 여기 이 사람들이 가족이라고."

뒤쪽에서 들린 목소리에 다들 고개를 돌렸다.

그리고 문으로 들어오는 사람을 보고 규연은 얼굴이 어두워졌다.

"연미 언니⋯⋯."

"연기력은 그렇게 뛰어난 애가 어쩜 거짓말은 그렇게 못하니?"

"연미야."

심한규는 고연미를 보고 고개를 푹 숙였다.

"연미야, 미안하다."

"뭐가요?"

"내가 할 수 있는 게 없는 것 같다. 너도 알겠지만 지금 소문이⋯⋯."

"알아요. 오는데 회사가 엄청 뒤숭숭하더라고요."

"그래⋯⋯ 미안하다."

심한규는 일이 이쯤 되면 아무리 노형진이라고 해도 어떻게 할 수 없을 거라 생각했다.

"망하더라도 소송이라도 해 보고 망해야 하는 거 아닌가 싶다."

결국 다 포기하고 막장으로 갈 생각을 하는 심한규.

그렇게 해서라도, 아이들에게 얼마 되지 않은 돈이라도 주고 싶어서다.

그런데 그런 심한규에게 고연미가 충격적인 말을 꺼냈다.

"그럴 필요 없어요. 이번 소문은 우리가 낸 거니까요."

"뭐?"

"낙태했다는 소문을 언니가 낸 거라고?"

"아니, 아니. 그럴 리가 없지. 우리가 낸 건 낙태한 시기와 장소에 관한 소문이야."

"그건……."

안 그래도 소문이 도는 상황에서 그런 이야기까지 추가로 나오자 소문은 어마어마하게 퍼져 나갔다.

전에는 관심이 없는 사람은 몰랐지만 이제는 대한민국에 그 소문을 모르는 사람이 없는 수준이었다.

"어째서? 아니, 왜?"

심한규가 말도 안 된다는 듯 비명을 지르듯이 물었을 때, 문이 열리면서 노형진이 들어왔다.

"아이고, 죄송합니다. 너무 바빠서요."

"노 변호사님! 아니, 지금 제가 연미한테 이상한 이야기를 들었는데요. 그게 사실입니까? 네? 정말이에요? 그 무슨 말도 안 되는 소리입니까!"

살려 달라고 의뢰를 했더니 뒤통수에 제대로 칼을 꽂아 버렸다.

이래서는 한국에 살고 싶어도 못 사는 수준이 아닌가?

"하하하, 들으셨나 보네요."

"들으셨냐니요! 지금 상황이 어떤 상황인데!"

만일 심한규가 성정이 강한 사람이었다면 아마 노형진의 멱살이라도 잡아 올렸을 것이다.

아니, 그가 아닌 클로버라도 그랬을지도 모른다.

"자, 자! 진정하시고. 사전에 말씀드리지 못해서 죄송합니다. 하지만 보안이 필수였습니다."

"보안요? 무슨 보안요?"

"이 회사 안에 고성균의 사람이 없다고 생각하십니까?"

"그건……."

심한규는 말을 하지 못했다.

고성균은 부자이니, 돈만 준다면 정보를 바치는 사람이 없으리라는 법이 없다.

사건의 주범인 이사는 잘랐지만 그가 심어 둔 사람까지 잘라 낸 것은 아니다. 이사가 뽑은 사람이 끄나풀인지 아니면 정당하게 뽑은 직원인지 아직 확신할 수가 없기 때문이다.

"그래서 제가 비밀로 한 겁니다. 그래야 언론에서 제대로 때릴 테니까요."

"그게 문제입니다! 이 정도까지 특정되면 우리는 끝장이란 말입니다!"

이것이 법이다

"아니죠. 특정되면 그 당시에 클로버가 어디에서 뭘 했는지 증명할 수가 있지요."

"다른 그룹이라면 그렇지요! 하지만 클로버는 아닙니다!"

클로버는 이번에 생긴 그룹이다.

1집에서 기적처럼 터진, 흔하지 않은 그룹이다.

그 말은, 1년 전에는 존재하지 않았다는 뜻이다.

"그 당시에는 연습생이었단 말입니다! 우리가 그날 연습을 하고 있었다고 해도 아무도 안 믿을 겁니다!"

그렇다고 그걸 증명할 수 있는 사진이나 동영상이 있는 것도 아니다.

보안용 카메라는 1년이면 이미 삭제된 이후일 테니까.

"사장님, 진정하세요. 노 변호사님이 설마 그런 것도 모르고 준비하셨겠어요?"

"연미야."

"사실 어설픈 광고 쪽 사람보다 노 변호사님이 이쪽에서는 훨씬 나아요. 아마 광고 쪽으로 갔어도 성공했을걸요."

"아무리 그래도 이건……."

부정하고 싶은 걸 확정하는 방식은 들은 적도 없다.

"하다못해 저한테 말씀이라도 해 주셨다면……."

"사장님은 너무 착해서 안 됩니다."

"네?"

"기본적인 성정이 너무 착하셔서, 누군가에게는 분명 말씀해 주셨을 테지요."

클로버 멤버는 당연하고, 그녀들을 담당하는 매니저에게
는 꼭 할 것이다.

그리고 주요 임원들과 광고 팀 등등에도.

"만일 사장님한테 말했으면 이게 새어 나가는 데 사흘도
안 걸렸을걸요."

"그건……."

심한규는 차마 부정하지 못했다.

그가 생각해도 자신은 그런 성격이다.

이런 중요한 비밀을 감춰 두고 뒤에서 조용히 음모를 짜는
짓은 못한다.

"죄송해요. 저도 방법이 없었어요. 여기서 누구보다 사장
님 성격을 잘 아는 게 저잖아요."

고연미도 진심으로 미안한 듯 사과했다.

"너희들한테도 미안해. 너희는 세상 더러운 거 안 보고 꽃
길만 가기를 원했는데, 아무래도 힘드네."

규연이 배시시 웃었다.

하지만 그 미소에는 아주 쓴 무언가가 들어 있었다.

"이미 세상 더러운 건 다 봤어요."

"넌 화가 안 나?"

"해결할 방법이 있으니까 저지르신 거 아니에요? 물론 화
가 나지요. 제가 모르는 사이에 누가 제 인생을 농락하고 있

으니까. 하지만 그래도 절 돕기 위해 그런 거라고 하니까 이해라도 해 보려고요. 그러면 이제 저희는 뭘 어떻게 해야 하는 거예요?"

"노 변호사님?"

고연미가 설명을 바라는 눈빛으로 돌아보자, 노형진은 고개를 끄덕거리고 앞으로 다가와서 건너편 소파에 앉았다.

"일단 클로버가 할 일은 없습니다. 이번 사태에 대한 변명은 우리가 할 게 아니니까요."

"네?"

"그게 무슨 소리인가?"

심한규는 침을 꿀꺽 삼켰다.

자신들의 문제다. 그런데 자신들이 아니면 누가 변명을 한단 말인가?

애초에 제삼자가 변명한다고 해도 누가 믿어 준단 말인가?

"제가 소문을 낸 건 장소와 시기입니다. 그리고 그걸 언론에서는 미친 듯이 퍼트렸지요."

"그래서요?"

"장소와 시기가 드러났는데 낙태를 했다면, 애아버지가 누군지 드러나는 건 당연한 수순 아니겠습니까?"

"애아버지요? 하지만 한 적도 없는 낙태인데 어떻게 애아버지를 만들어 냅니까?"

노형진은 피식 웃었다.

"없는 낙태도 만들어 냈는데 애아버지라고 못 만들어 내겠습니까?"

"설사 만들어 낸다고 해도, 그 사람이 아니라고 한들 누가 믿어 주겠습니까?"

"아니라고 하면 믿어 주지 않을 수가 없을 테니까요."

"네?"

이해가 가지 않는 표정으로 멍하니 노형진을 바라보는 심한규와 클로버 멤버들.

그리고 다음 말에 다들 경악성을 터트렸다.

"애아버지가 홍안수거든요."

"네? 자…… 잠깐만요! 홍안수요? 그 홍안수요?"

"벼…… 변호사님! 그…… 그래도 되는 거예요? 네?"

"아니, 그건 너무 위험한 것 같은데요?"

"그건 아니에요, 노 변호사님……!"

홍안수라는 이름에, 심한규뿐만 아니라 클로버조차도 벌벌 떨면서 말렸다.

그럴 수밖에 없다.

홍안수는 현직 대통령이니까.

"그건 아닌 게 아니라, 그만큼 확실하게 뒤집을 수 있는 사람이 또 있겠어요?"

"그건……."

그건 그렇다.

대한민국 권력의 정점에 올라가 있는 사람이다. 그만큼 이 사건을 확실하게 뒤집을 수 있는 사람이 있을까?

"그런 사람이야 없겠지만……."

심한규는 겁이 더럭 났다.

하지만 노형진은 그런 그를 진정시켰다.

"걱정하지 마세요. 대통령을 이용해 먹는 게 한두 번도 아니니까."

"한두 번도 아니라고요?"

"네."

다들 질렸다는 표정이 되었다.

세상천지에 변호사가 대통령을 이용해 먹는다는 소리는 처음 들어 봤으니까.

"제가 왜 늦게 왔겠습니까? 이미 해당 소문을 퍼트리고 있는 중입니다."

"벌써요?"

"네. 원래 이런 건 타이밍이거든요."

처음부터 대통령이 걸 그룹에게 성 상납을 받고 낙태를 시켰다고 하면 사람들은 미친놈 취급하거나 음해라고 주장할 것이다.

하지만 걸 그룹이 낙태했다.

그리고 그다음에는 접대의 결과라는 소문이 돌았다.

다음에는 그 접대 대상이 권력자라는 소문이 돌았고, 그 이후에는 접대를 한 장소와 낙태를 한 병원까지 드러났다.

"그러면 이쯤 되면 아버지가 누군지 나와야 하지요. 그리고 이미 그러한 순서로 사람들의 관심을 끌었으니, 이제 언론에서 뭐라고 하든 사람들이 알아서 퍼 나르기 시작할 겁니다."

"아!"

지금 이 문제를 덮는 데 가장 곤란한 것은 언론에서 절대로 해당 문제를 다뤄 주지 않을 거라는 거다.

"실제로 그런 사건들이 적지 않지요."

그런 사건들은 피해자가 아무리 억울하다고 해도 언론에서 입을 꾹 다물면 알려지지 않는다.

"하지만 이미 사람들의 관심을 자극한 뒤라면 이야기가 달라지지요."

언론의 힘은 관심을 끌고 대중적인 여론을 만드는 것이다.

그러나 아예 없는 걸 감추는 힘은 없다.

"사람들이 어마어마하게 관심을 가진 상태에서 대통령이 애아버지다! 아주 빵 터질 일 아닙니까? 하하하."

빵 터지는 정도가 아니다.

"현 대통령이 사람들에게 인식이 별로 안 좋지요?"

일단 프락치 출신이라는 과거가 있는 데다가 딱히 일을 잘하는 것도 아니다.

과거에 대한 자격지심 때문인지, 그는 언론을 통제하고 비밀을 만들고 독재자의 모습을 보이고 있으니까.

"그런 상황에서 현 대통령의 치명적인 추문이 터진다면, 그게 안 퍼지는 쪽이 이상한 겁니다."

노형진은 싱긋 웃었다.

"당연히 인터넷에서는 난리가 날 테고요."

그로써 사람들은 이번 사건에 대해 누구나 알게 될 것이다.

"그리고 그때부터는, 해명을 하는 건 우리가 아닙니다."

청와대와 자유신민당이 어떻게 해서든 해명을 해야 한다.

아마 그들은 좀 지나면 머리가 아플 것이다.

"그리고 소문이라는 건 다 그런 거죠."

소문을 추적하는 건 쉬운 일이 아니다.

특히나 노형진처럼 외국인을 이용해서 비밀 계정을 만들고 글조차도 아예 외국에서 올려 버리면, 추적하는 건 사실상 불가능해진다.

"우리는 이제 가만히 앉아서 꿀을 빨면 됩니다."

노형진은 싱긋 웃었다.

"발등에 불 떨어진 건 우리가 아니니까요, 우후후."

변명을 해 보아요

"이건 뭔 개소리야?"

홍안수는 보고를 받다가 기가 막혀서 말이 안 나왔다.

어지간한 일로는 이렇게까지 당황하지는 않는다. 하지만 이번에는 당황할 수밖에 없었다.

"누구 접대를 받아? 거기에다 임신을 시켜서 낙태를 해?"

"네, 지금 지라시를 바탕으로 그 소문이 파다하게 돌고 있습니다."

"무슨 말도 안 되는 헛소리야? 그 출처가 어디야? 어?"

"그게, 저희도 추적 중입니다만……."

비서실장도 어이가 없다는 듯 고개를 흔들었다.

"시간이 좀 걸릴 듯합니다."

"끄응, 이런 황당한 경우가 있나. 클로버? 뭐 하는 애들인데?"

"신인 걸 그룹이랍니다."

"그쪽 애들이 이런 소문을 낸 거야?"

"그럴 리가요."

아무리 생각이 없어도 그런 소문을 내는 걸 그룹은 없다.

설사 뭔가 이슈를 타기 위해 소문을 낸다고 해도, 같은 연예인을 엮으면 모를까.

그것도 열애설이 한계이지, 성 상납에 임신에 낙태까지 했다고 소문을 내는 것은 아예 걸 그룹 그만두고 싶다는 소리다.

"끙…… 이 건에 대해서는 철저하게 수사해. 어떤 놈이 소문을 냈는지 알아내! 무슨 소리인지 알지?"

"네, 각하."

비서실장은 고개를 숙였고 홍안수는 길게 한숨을 쉬었다.

"안 그래도 분위기도 안 좋은데 이게 대체 뭔 상황이야?"

⚖

"아주 난리네요."

고연미는 혀를 내둘렀다.

노형진의 계획은 정확하게 맞아떨어졌다.

낙태 관련 소문을 진보 측에서 놓칠 리가 없으니 당연히 물어뜯기 시작했는데, 이렇게 되자 방어를 하기 위해 자유신민당 측에서도 언급할 수밖에 없었다.

그리고 대한민국에서 떡밥 중 제일 좋은 건 정치인들이 싸우는 것이다.

"어때요? 확실하게 홍보되고 있죠?"

"그건 그런데 이 증거들은 뭐예요?"

"뭐긴 뭐겠어요, 조작이죠."

노형진은 킬킬거렸다.

"설마 이런 소문을 소문으로만 끝내겠습니까?"

어찌 되었건 대통령이다. 그냥 말만 퍼트리면 소문이 도는 게 쉽지 않다.

"하지만 이런 증거가 있으면 이야기가 달라지죠."

노형진이 제시한 증거는 다름 아닌 어떤 병원에서 나오는 비서실장의 사진이었다.

"그런데 이 병원, 거기 아니에요?"

인터넷에 낙태했다고 소문이 난 그 대학 병원이었다.

"비서실장이 왜 여기에 간 거예요?"

"비서실장도 누군가의 자식이거든요."

"네? 그게 무슨 소리예요? 설마……?"

"맞아요. 그의 어머니가 이 병원에 입원해 있어요. 원래 병원도 랜덤하게 고른 게 아니거든요."

그렇다.

정확하게 증거를 잡을 수 있는, 아니 정확하게 의심을 살

수 있는 시기를 고른 것이다.

"하지만 이 사람이 이 시기에 이 병원에 가는 모습은 도대체 어떻게 찍었어요?"

아무리 비서실장이 공인이라고 해도 그를 상시 감시할 수는 없다.

그런데 어떻게 이런 사진을 찍었단 말인가?

"무슨 소리예요? 비서실장의 부모님이 입원해 있다고 했지 그 당시에 입원했다고는 안 했어요."

"네?"

"카메라 보안이 강해 봐야 얼마나 강하겠습니까?"

카메라는 간단한 해킹으로 날짜를 바꿀 수 있다. 몇몇 모델은 자체적으로 바꾸는 기능도 있고 말이다.

물론 그래도 디지털 사진에 정확한 시간이 기록되지만 말이다.

"설마?"

"그래요. 이 사진, 찍은 지 얼마 되지 않았어요."

하지만 이 파일을 조사하면 과거의 기록으로 나올 것이다.

"더군다나 계절적으로도 문제가 안 되죠. 1년 전이니까."

대략 1년 전. 그러니 날씨도 비슷하다.

"그래서 1년 전이라는 애매한 시기를 정한 거구나."

정확하게 날짜가 아니라, 애매하게 1년이라는 시기.

그러니 이걸 본 사람은 한 번쯤 의심을 품을 수밖에 없다.

"거기에다가 다른 증거도 있죠."

"다른 증거요?"

"그건 비밀입니다. 그거 보면 홍안수는 아마 미치고 팔짝 뛸 판일걸요, 후후후."

"뭐? 유전자 검사 결과?"

대통령의 집무실. 그곳에서 한 남자가 홍안수에게 보고를 하고 있었다.

정작 보고를 해야 하는 비서실장은 그 옆에 서서 아무런 말도 못 한 채 그저 고개를 푹 숙이고 있었다.

"네, 인터넷에 그런 서류가 돌고 있습니다."

"무슨 말도 안 되는 개소리야?"

유전자 검사는 마음대로 할 수 있는 게 아니다.

물론 돈만 준다면야 할 수 있다.

하지만 대통령에 관한 것이라면 그게 무엇이든 예민한 정보다.

심지어 대통령은 화장실조차도 따로 쓴다는 이야기가 있다. 건강 정보 역시 국가 기밀에 들어가기 때문이다.

"그런데 내 유전자 검사 결과? 허, 어이가 없구만. 화를 내야 하는데 너무 어이가 없어서 화도 안 나."

홍안수는 기가 막혔다.

세상에 어떤 미친놈이 자신에게 이런 작업을 거는지 이해가 가지 않았다.

"저희 쪽에서 조사한 바로는 이 유전자 검사 결과는 조작된 것이라고 합니다."

"그렇겠지. 어떤 미친놈이 나한테 유전자를 달라고 하겠어?"

"문제는 사진입니다. 조사 결과 어떠한 조작의 흔적도 없었습니다."

홍안수는 비서실장을 바라보았다.

"비서실장, 이 사진에 대해 뭐라고 이야기할 건가?"

"억울합니다, 각하! 전 그 시기에 그 병원에 간 적이 없습니다!"

사진 자체를 조작한 거라면 충분히 흔적을 잡아낼 수 있었을 것이다.

하지만 노형진은 사진 자체는 그냥 두고 해킹을 통해 날짜만 조작했다.

당연하게도 애초에 사진이 만들어질 때부터 조작이 들어갔으니, 아무리 조작을 의심해도 파일은 그 날짜를 보여 줄 수밖에 없다.

"그런데 이 사진은 어디서 찍힌 거야? 알아야 할 거 아니야?"

"그건…… 저도 잘 모르겠습니다."

비서실장은 환장할 노릇이었다.

작년에는 저 병원에 간 적이 없다. 그런데 거기에 간 사진이 찍혔다.

"이게 무슨……."

홍안수는 혀를 끌끌 찼다.

정작 그를 보호해야 하는 비서실장이 사고를 치다니.

"일단은 아니라고 발표하고 엄중 수사한다고 해."

"알겠습니다."

"그리고 어떤 놈인지 모르지만 어떻게 해서든 이거 유포한 새끼 잡아내. 무슨 뜻인지 알겠어?"

"네, 어떻게 해서든."

남자의 말에 홍안수는 바로 비서실장에게 시선을 돌렸다.

"너는 당분간 근신하고. 알았어?"

"네, 알겠습니다."

그렇게 말하면서, 비서실장은 이를 빠드득 갈았다.

⚖️

"아마 카메라 자체의 날짜가 해킹당해서 바뀌었다는 걸 알아내는 데에는 그리 오래 걸리지 않을 거야."

노형진은 인터넷에서 벌어진 난장판을 보며 말했다.

홍안수 쪽은 어떻게 해서든 방어를 하려고 하고 반대쪽은 어떻게 해서든 그를 물어뜯으려고 하고 있다.

"그리고 지금쯤 고성균은 당황하고 있을 테지."

심한규와 클로버를 묻어 버리려고 할 때까지만 해도 별생각이 없었을 것이다.

하지만 갑자기 그 불똥이 청와대 쪽으로 튀어 버렸다.

"그러면 이제 우리가 할 건 뭔가요? 청와대 쪽에서 해명을 할 때까지 기다려야 하나요? 하지만 이미 해명했잖아요."

물론 국민들은 믿지 않고 있지만 말이다.

"당연하게도 그럴 수는 없죠. 해명을 하든 안 하든 모든 사건에는 수명이 있습니다. 이 사건 역시 이슈를 좀 탈 뿐이지, 1년이고 2년이고 갈 사건은 아니잖습니까?"

"그러면 그냥 대통령의 말을 전하면서 우리는 억울하다고 해야 하나요?"

"그게 문제네요. 생각보다 여론이 너무 나빴어요."

노형진은 원래 홍안수를 이용해서 사건을 뒤집을 생각이었다.

일국의 대통령이 그런 소리 하는 자에 대해서 그냥 넘어갈 리가 없기에 분명 인터넷을 통제할 거라 생각했던 것이다.

당연하게도 그 과정에는 언론도 포함될 테고 말이다.

"물론 지금까지 홍안수는 그렇게 움직이고 있었습니다. 문제는 여론이지요."

프락치 출신 대통령이라는 꼬리표 때문인지 누구도 청와대를 믿지 않았다.

그 때문에 노형진이 세운 계획의 가장 큰 부분이 틀어지고 있었다.

"제가 홍안수에 대해서 너무 과대평가했습니다."

정상적인 상황이었다면 대통령이 부정하고 조사에 들어간다는 소리가 나오는 순간 잠잠해져야 했다.

하지만 홍안수가 워낙 인심을 잃어버린 상황이다 보니 국민들이 믿지 않는 상황이 된 것.

"아무래도 이쪽도 그냥 부정을 하면서 마냥 기다리는 것은 힘들 것 같습니다."

청와대에서 아무리 힘을 쓴다고 해도, 연예인 뉴스의 1위를 달리고 있는 클로버다.

그렇다 보니 아무리 대통령이 변명 아닌 변명을 해 봐야 누구도 믿어 주지 않았다.

"이건 저도 미처 생각하지 못한 부분입니다."

"차라리 다른 국회의원을 건드리지 그랬어요?"

"그런 일은 생각보다 너무 많거든요."

"많다고요?"

"네. 국회의원들의 성 접대 사건은 사실 아주 익숙한 사건 중 하나죠."

다만 강력한 언론 통제 때문에 말하지 못할 뿐.

"그래서 국회의원의 힘으로는 한계가 있습니다."

그렇다 보니 가장 강력하게 뒤집을 수 있는 사람을 찾아야 했고, 그게 대통령이었다.

"그러면요? 이제 어떻게 해요?"

"글쎄요."

노형진은 허공을 바라보며 긴 한숨을 내쉬었다.

"그게 제일 문제군요."

"쉽지 않네."

노형진은 머리를 긁적거렸다.

시간은 계속 흘러가고, 언론에서는 지치지도 않고 이번 사태에 대해 연일 보도하고 있다.

뒤집기는 해야 하는데 이제 국민들이 정부 말이라고 하면 콩으로 메주를 쏜다고 해도 안 믿는 판국이라, 노형진의 계획이 생각보다 그다지 효과가 없었다.

당연하게도 그걸 뒤집기 위한 뭔가 다른 확실한 방법이 필요했다.

"고성균 그 새끼가 이번 사건은 왜 안 막고 있는지 모르겠네."

노형진의 맞은편에서 커피를 홀짝거리던 오광훈은 핸드폰을 내리며 말했다.

"막을 수가 없는 수준이니까. 아무리 사주 가문이라고 해도 말이지."

"그게 무슨 소리야?"

"이건 이미 개인적인 문제가 아니라 정치적 문제가 되어 버렸어."

그것도 애매하게 정치적인 게 아니라 두 정당이 확실하게 대립하는 문제가 되어 버렸다.

"이 상황에서 언론사가 입을 다물어 봐. 그건 대놓고 한쪽을 편들어 주겠다는 소리거든."

"그래서 일단은 이야기한다?"

"그래야 할 거야. 물론 자유신민당 입장에서는 불편하겠지만, 그들도 바보는 아니니까."

이 사건이 갑자기 인터넷에서 사라지면 분명 언론 통제라는 이야기가 나온다.

그러니 그들도 단시일 내에 그 모든 뉴스를 막으라는 소리는 못 하는 것이다.

"하지만 조금씩 관련 소식을 줄이고 있지. 조만간 큰 건이 하나 터지기도 할 테고."

그게 어떤 사건일지는 모르겠지만 말이다.

"어찌 되었건 사람들의 관심이 떠나기 전에 규연 양 문제를 해결해야 하는데⋯⋯."

"그냥 확 검사해 버려."

"그게 안 되니까 이러는 거 아니야. 좀 섬세하게 생각해 봐라, 이 새끼야."

"섬세? 그딴 건 엿 바꿔 먹었다. 조폭 출신한테 뭘 바라?"

"그래. 너한테 바라기는 뭘 바라겠냐."

노형진은 한숨을 쉬며 커피숍의 소파에 몸을 기대앉았다.

"자존심도 문제지만, 이건 일종의 주홍글씨야. 당장은 넘어갈 수도 있지. 하지만 그 애들이, 특히 규연 양이 연예계에서 활동하는 내내 계속 따라다닐 거라고."

만일 쉽게 잊힐 일이라면 노형진은 주저하지 않고 검사를 했을 것이다.

하지만 그렇지 못하니까 이러는 거다.

아마도 이런 사건은 전무후무할 테고, 재수 없으면 수십 년을 박제당할 것이다.

"거참, 어렵다, 어려워. 나는 진짜 검사가 딱이야. 맘에 안 들면 잡아넣으면 그만이잖아?"

"넌 조폭이 딱이지."

"하긴, 뭐든 그냥 패거리 끌고 가서 두들겨 패면 좋기는 하지. 검사 노릇 하려고 하니까 도리어 자기가 피해자라고 징징거리는 새끼들 때문에 아주 내가 성인군자가 될 판이다."

"그런 놈들이 넘쳐 나지. 내가 가해자 중에서 피해자 코스프레 안 하는 새끼를 못 봤다."

"그러니까. 아니, 자기가 범죄를 저지르고는 왜 자기가 피해자라고 징징거리고 자빠져 있는지."

"피해자 코스프레 하면 사람들이 불쌍하게……."

순간 노형진은 말을 멈췄다.

"어…… 그래! 내가 왜 그 생각을 못 했지?"

"어, 어? 야! 어디 가!"

"나중에 보자!"

노형진은 인사도 제대로 하지 않고 밖으로 뛰어나갔다.

오광훈은 노형진이 나간 입구만 바라보다가 어깨를 으쓱하면서 컵에 담겨 있는 커피를 쪼로록 빨아들였다.

⚖

"피해자 코스프레요?"

"네, 우리가 해야 하는 건 그겁니다. 그걸 하면 이 상황을 넘길 수 있습니다."

"애초에 우리가 피해자는 맞잖아요?"

"맞습니다. 하지만 핵심은, 우리가 피해자이지만 전면에 나서지는 않고 있다는 거지요."

"그건 그래요."

노형진이 정치권을 이용하는 바람에 지금 양측이 치고받고 있을 뿐, 사실 클로버는 살짝 바깥쪽에 있다.

"우리는 피해자입니다. 그런데 메인에서 살짝 벗어나 있지요."

"그런데요?"

"우리가 피해자라는 걸 확실하게 사람들에게 각인시키는 겁니다. 명백하게 피해자라는 걸 사람들이 인식하게 되면, 검사 같은 건 중요한 게 아니죠."

이쪽은 억울한 피해자이고 그들을 건드리는 것은 사회적으로 나쁜 짓이다.

"보통 2차 가해라고 하지요."

많은 범죄자들이 피해자들에게 이런저런 방식으로 2차 가해를 한다.

당연하게도 피해자들의 가슴은 바짝바짝 타오른다.

"그럼 이제 우리가 나서서 피해자라고 주장해야 하나요?"

"아니요. 그건 소용없죠."

해 봐야 쓸데없이 시선만 이쪽으로 당겨 올 뿐이고 도리어 이 싸움의 중간에 걸려드는 것뿐이다.

"우리 계획은 양쪽과 상관없이 무조건 피해자가 되는 거예요."

"하지만 어떻게요?"

"산부인과 검사가 그 방법입니다."

"안 하기로 했잖아요?"

노형진의 말에 고연미는 와락 눈을 찌푸렸다.

그건 진짜 인격을 말살하는 행위니까.

"비슷해 보이지만 다릅니다. 저들이 규연 양에게 그런 검사를 하게끔 압박했다는 상황을 조성하는 거죠."

"압박요? 누가요?"

"누구겠습니까? 광신도들이지."

"광신도요?"

"네. 정치적 광신도들 말입니다."

각 세력에는 정치적인 광신도들이 있다.

그들은 사람의 피해나 올바름에는 관심이 없다. 오로지 자신의 세력이 중요하고, 자신들이 정의라 생각할 뿐이다.

"그러니까 그들을 이용해서 규연 양을 공격하도록 자극하는 겁니다."

"그게 말이 되나요? 그게 얼마나 자존심이 상하는 일인데요!"

"그게 중요한 겁니다. 진짜 하는 게 아니죠."

진짜 검사를 하는 게 아니라, 그런 식으로 규연을 압박하도록 유도하는 것이다.

그러면 그들은 필연적으로 대다수의 사람들에게 욕을 먹을 수밖에 없다.

자신들의 정치적 승리를 위해 한 사람의 인격을 말살시키려고 했으니까.

"아!"

그렇게 되면 클로버와 규연은, 엉뚱한 정치적 문제로 인해 인격까지 말살당하는 피해자가 된다.

"그건 자존심이 상하기는 하지만 진짜 인격 말살 상황은 아니거든요."

정상적인 생각을 가진 대부분은 철저하게 그녀들을 옹호

할 테니까.

"그런 걸 할 만한 곳이 있을까요?"

"있지요. 요즘 딱 미친놈들이 모이는 곳이 있지 않습니까? 우후후후."

노형진은 싱긋 웃었다.

얼마 후 베스트세상이라는 사이트에 이상한 글이 올라왔다.

> 이런 문제 해결하는 거 쉽지 않노? 그냥 산부인과에서 검사 한번 받으면 끝 아니노?

아주 짧은 글이었지만 순식간에 어마어마한 추천을 받으면서 최고의 글 라인에 들어갔다.

"이런 미친 새끼들."

고연미는 거기에 붙어 있는 댓글을 보면서 이를 박박 갈았다.

─캬, 천재노.

─멋진 생각이노.

─모든 걸 그룹은 낙태 검사를 법제와해야 하노.

─법제와 아니고 법죄화.

-법죄화 아니야, 이 병신아. 법제화.

-아, 씹선비 강퇴 좀.

상식적으로 말이 안 되는 헛소문들이 가득 차 있는 세상.

그런 미친놈들의 글을 보고 있으니 욕이 저절로 흘러나왔다.

"아니, 여기는 왜 그냥 둔대요?"

"일단 현 정부의 가장 강력한 지지 세력 중 하나이니까요."

"그렇다고 그냥 둬요?"

"그래도 좋은 점은 있습니다."

"좋은 점요? 무슨 좋은 점요?"

"똥끼리 뭉쳐 있으니 구분하기는 쉽죠."

"끄응, 그게 유일한 좋은 점이네요."

"네, 유일하게 좋은 점이지요."

노형진은 혀를 끌끌 차며 말했다.

"중요한 건 이들이 여기서 이야기를 꺼냈다는 거죠. 그리고 이들의 규모는 결코 작지 않거든요."

그리고 그들은 인터넷 특성상 엄청나게 공격적이다.

"이미 클로버에 대한 공격이 시작되었다고 하더군요."

"그나마 다행인 건 클로버가 예상하고 있었다는 거죠."

이건 딱히 비밀을 지킬 만한 게 아니었기 때문에 미리 이야기를 해서 다들 애써 인터넷을 무시하고 있었다.

하지만 인터넷에서 봤을 때 일부 세력이 클로버에 대한 헛소리를 하는 건 사실이다.

"그리고 대부분의 정상적인 사람들은 그녀들을 편들어 주고 있고요."

노형진은 고개를 끄덕거렸다.

"네, 그러니 이제 그들이 움직이도록 해야지요."

"그들이라뇨?"

"고연미 씨가 제 의견을 반대한 이유가 뭡니까?"

"당연히 저도 여자로서 그 일이 얼마나 비참한 것인지 알기 때문이죠."

"그러면 다른 여성 단체들은 어떨까요?"

"여성 단체? 아!"

미친놈들과 여성 단체는 사이가 아주 안 좋다.

그러니 도움을 요청하면 여성 단체에서는 분명 도와줄 것이다.

"그리고 동시에 청와대에도 도움을 요청해야지요."

"청와대에요?"

"네. 청와대에서도 이번 사건을 덮을 방법을 찾고 있을 테니까요."

이미 그쪽에서도 여러 가지 노력을 했지만 정작 해결된 것은 없었다.

"하지만 피해자가 나서서 저항하기 시작하면 이야기가 달라지지요."

청와대가 전면에 나서는 게 아니라, 피해자를 지키기 위해 일부 여성 단체와 정상적인 사람들이 함께하면 베스트세상 측과 싸우면서 사건을 묻는 방향으로 유도하려고 할 것이다.

"그리고 사건은 무마될 겁니다."

"가능할까요?"

"가능하게 해야지요. 지난번에 규연이가 연기 잘한다고 했지요? 한번 그 연기 실력을 봅시다, 후후후."

⚖

규연은 고연미에게 들은 대로 기자회견을 준비했다.

"이쯤에서 눈물을 흘리면 되나요?"

"그게 되겠어?"

"어렵지 않아요."

"넌 역시 연기를 해야 했어."

"그건 나중에 생각할게요."

심호흡을 하던 규연은 문득 뭔가 생각난 듯 고연미를 바라보았다.

"그런데 그럼 고성균은 어떻게 되는 거예요?"

"글쎄. 일단 그 문제에 대해서는 나중에 생각하자. 지금 중요한 건 너희들이라, 우리 모든 계획이 너희를 살리는 데에 초점이 맞춰져 있거든."

"네, 무슨 뜻인지 알겠어요."

그녀는 고개를 끄덕거리고 다시 한번 심호흡을 했다.

"이제 나갈게요."

"힘내. 내 말 무슨 말인지 알지?"

규연은 배시시 웃었다.

"아직 세상은 절 쓰러트린 적이 없어요. 이번에도 그럴 거 구요."

―저는 억울합니다. 저희는 대통령님을 뵌 적도 없습니다. 인터넷과 언론사에서 갑자기 왜 그런 소문을 퍼트렸는지 이해가 안 갑니다.

차분하게 말하던 규연은 점점 자연스럽게 눈물을 흘렸다.

―저는 하늘을 우러러 한 점 부끄러움 없이 행동했습니다. 아이돌이 되는 것은 제 일생의 꿈이었습니다. 열세 살부터 오로지 이 꿈만을 위해 살아왔습니다. 그런데, 그 꿈을 이루었을 뿐인데 사람들이 저의 인격을, 흑흑흑…….

결국 그녀가 울음을 멈추지 못해서 기자회견은 그대로 끝났다.

심한규가 다급하게 그녀를 대피시키며 기자들에게 말했다.

―이 어린 소녀도 사람입니다. 정치적 목적 때문에 한 사람의 인격을 이렇게 말살하지는 맙시다.

날카로운 말에 일부 기자들은 입술을 깨물었다.

양심의 가책 때문에? 아니다.

이 기자회견이 나가는 걸 막을 방법이 없기 때문이다.

기자회견의 효과는 대단했다.
사람들이 순식간에 클로버에게 지지를 보내기 시작했다.
그리고 청와대에서는 그 기회를 놓치지 않았다.

-대통령 각하께서는 대한민국의 지도자로서 온갖 음해와 맞서
싸우고 나라를 위해 노력할 준비가 되어 있었습니다. 대통령으로서
한 점 부끄러움 없이 활동해 오셨고, 주변을 둘러보면서 공정한 세
상을 만들기 위해 노력했습니다. 그러나 이번에 대통령을 공격하기
위해 벌어진 일련의 사태에 대해 저희는 경악을 금치 못했습니다.
정치적 목적을 위해 아무것도 모르는 어린 소녀들을 희생양으로 삼
다니요. 각하께서는 이번 사태에 극대로하시었으며, 이번 사건의 주
범을 꼭 잡아서 일벌백계를 하라고 지시하셨습니다.

예상대로 그들은 클로버를 지지하는 세력을 등에 업기 위
해 빠르게 움직였고, 이번 사건을 저지른 자들에 대한 처벌
을 확실하게 공표했다.
"나이스! 제대로 되었네요."
노형진은 주먹을 불끈 쥐었다.

"사건 자체가 정치적으로 이용하기 위한 일부 세력의 협작질이 되었으니까 이제 클로버에게는 피해가 없을 겁니다."

도리어 많은 사람들이 피해를 입은 클로버에게 측은지심을 느껴서, 클로버의 노래가 역주행해서 차트를 올킬 하는 현상까지 발생했다.

"여성계의 지지와 정치권의 지지가 함께 움직이고 있으니 아무리 고성균이라고 해도 이게 기사화되는 걸 막을 수는 없겠지요."

낙태 문제를 이제 와서 꺼내 봐야 또 협작질이라는 소리밖에 안 나올 것이다.

그러니 최소한 이 문제에 대해서는 깔끔하게 처리한 셈이다.

"그렇다고 해도 아직 고성균이 멀쩡하게 남아 있잖아요. 그놈이 다른 방식으로 협작질 하지 않을까요?"

노형진은 고개를 흔들었다.

"그건 힘들 겁니다."

"어째서요?"

"애초에 제가 청와대를 여기에 끼워 넣은 이유가 뭔데요? 지금쯤이면 청와대의 조사가 끝났을 겁니다."

"조사요?"

"네. 이 문제에 대한 조사가 끝났을 테고, 최초 유포자가 아마 밝혀졌을 겁니다."

"최초 유포자요? 그거라고 할 만한 사람은…… 아……."

고연미는 바로 노형진이 노린 게 뭔지 알아차렸다.

"고성균은 이제 클로버와 심한규를 건드리지 못합니다. 다시는 말이지요."

⚖️

같은 시각, 고성균은 조용한 사무실에서 무릎을 꿇고 있었다.

대한민국 언론사 사주 가문의 사람인 그가 무릎을 꿇고 있는 것은 지극히 보기 힘든 일일 테지만 그 대상은 그러고도 남을 수 있는 존재였다.

다른 사람도 아닌 그의 아버지니까.

"성균아."

고성균의 아버지는 조용히 말했다.

하지만 고성균은 그 목소리가 그 어느 때보다 두려웠다.

"큰 실수를 했더구나."

"아…… 아버님, 그게 아니라, 이건 제가 한 게 아닙니다. 진짜입니다."

"국정원에서 왔다 갔다."

"국정원……."

"인터넷에서 낙태설을 가장 먼저 터트린 게 우리 쪽이라고 하더구나."

"그…… 그건 그런데……."

그건 사실이다.

그는 클로버를 말려 죽이려고 했으니까.

"그냥 클로버가 말을 안 들어서, 한번 교훈을 주려고……."

"교훈을 주려고 청와대와 대통령의 얼굴에 먹칠을 해?"

"……."

아버지는 길게 이야기하지 않았다.

외부의 눈이 있기에 이번 일은 경고로 넘어갔지만, 그것도 어디까지나 고성균을 처리했을 때의 이야기다.

아무리 자신이 회사의 사주라고 하지만 고성균을 그냥 두면 홍안수가 가만 두고 볼 사람이 아니다.

"모든 자리에서 물러나 당분간은 쉬거라."

"아버지!"

"하와이로 내일 아침에 떠나는 비행기 편을 마련해 놨다. 머리 좀 식히고 오거라."

"아버지!"

만일 여기서 물러나면 후계 전쟁에서 밀려나기에 그는 어떻게 해서든 나가지 않으려고 했다.

그의 자리에 다른 형제가 올라갈 텐데, 그러면 형제는 그의 라인을 모조리 잘라 낼 테니까.

쉽게 말해서 지금 그의 아버지는 그를 후계자 자리에서 추방하려는 것이었다.

"아버지!"

하지만 아버지는 대답하지 않았다.

그저 문이 열리면서 캐리어 한 대가 방 안으로 들어올 뿐이었다.

고성균이 들어가도 남을 정도로 커다란 캐리어.

그 캐리어는 이미 짐이 들어 있는 듯 무척이나 무거워 보였다.

"큭⋯⋯."

그걸 본 고성균은 입술을 깨물었다.

더 이상 기회가 없다는 걸 이제야 안 것이다.

⚖

"고성균이 미국으로 쫓겨났다고 합니다."

심한규는 속이 시원한 표정이었다.

자신을 그렇게 괴롭히던 작자가 사라졌으니까.

"다행히도 모든 게 전화위복이 되었습니다만."

노형진은 그에게 진지하게 말했다.

"경영에서는 물러나시는 걸 추천해 드립니다. 물론 인재 발굴을 멈추라는 건 아닙니다. 그건 잘하시니까요."

심한규는 고개를 끄덕거렸다.

"안 그래도 그럴 생각입니다. 제가 제대로 했다면 이런 일은 없었을 테지요. 그리고 이번에 엔터테인먼트조합에 들어

갈 생각입니다."

사실 그가 운영하는 소속사는 작은 곳이 아니기에 그곳에서 주는 지원이 필요 없다.

수익을 나누면서까지 그걸 누릴 필요가 없으니 지금까지 들어가지 않았다.

"하지만 이제 보니 아니더군요."

한 무리가 된다는 것. 그건 수익이 아니라 힘이다.

"돈 때문이 아니라 스스로를 지키기 위해 힘이 필요한 거였어요."

노형진은 그런 심한규를 보며 고개를 끄덕거렸다.

"힘을 가지고 있으면 누구도 섣불리 건드리지 못하지요. 그러면 더 많은 꿈을 이뤄 줄 수 있지요."

심한규는 미소를 지었다.

"그게 가장 마음에 드네요."

진실을 추적하는 자

기레기.

현대의 기자들을 표현하는 단어다.

기자란 과거에는 진실과 정의를 추구하였으나 지금은 그런 것보다는 조회 수와 자극이나 찾아다니는 인간들이 대부분이었기에 기자들에 대한 평이 과거 같지 못했다.

하지만 일부 기자들은 여전히 그러한 진실을 찾아다닌다.

"그래서 명예훼손에 대한 방어를 의뢰하신다고요?"

"그렇습니다. 아시겠지만⋯⋯."

"네, 설명해 주시지 않아도 다 알고 있습니다, 성진호 씨."

성진호. 코리아 타임라인의 기자로 요즘 흔하지 않은 추적형의 탐문 기자다.

다른 기자들이 자극적인 단어 선택으로 대중을 속이거나 남의 기사를 계속 복제하는 우라까이로 자기 기사의 뷰를 늘릴 때, 그는 오로지 진실만을 위해 움직였다.

"그런데 왜 저희한테 오셨습니까? 이해가 안 가는데요."

노형진은 고개를 갸웃했다.

그럴 수밖에 없는 게, 코리아 타임라인을 만든 건 그다.

물론 공식적으로 이름만 올리고 있을 뿐 딱히 어떤 권한이 있는 것은 아니지만, 그가 만든 시스템이 붕괴되거나 하지도 않았다.

"코리아 타임라인은 이런 경우에 대부분 기자들을 보호하는 걸로 알고 있는데요."

노형진은 타임라인을 만들고 전면에 나선 적이 없기에 대부분의 기자들은 그가 사주라는 것도 모른다.

이번에도 노형진은 변호사로서 성진호를 대할 뿐, 자신이 사주라는 사실은 말하지 않았다.

"그렇지요. 일단 지금도 그렇고요."

"그러면 그쪽에 의뢰를 하면 되지 않습니까? 저희를 따로 고용하시려면 돈이 따로 들어갈 겁니다. 더군다나 이번 사건 같은 경우는, 아무리 저희가 싸게 해 드린다고 해도 적지 않은 돈이 들어갈 텐데요."

이번 사건, 그러니까 성진호가 소송을 당하게 된 건 연예계의 사건이다.

어떤 잘나가는 연예인이 과거에 일진이었다.

물론 일진 출신이라는 것도 아주 심각한 문제이기는 하다.

하지만 더 큰 문제는 그 연예인이 일진으로서 활동할 당시에 자살한 사람이 세 명 있는데, 그 자살에 직접적인 영향을 끼쳤다고 의심받고 있다는 것이었다.

그래서 그에 대해 보도했는데…….

"그런데 그쪽에서 소송을 걸었습니다. 말도 안 되는 소리라고요."

"그쪽 입장에서는 그럴 수밖에 없지요. 고영진 그 사람 지금 한창 비싼 몸값을 자랑하지 않습니까?"

요즘 같은 시대에는 학교 다닐 당시에 일진 노릇을 했다고 하면 무조건적으로 퇴출된다.

하물며 당시에 자살한 사람이 있는데 그 자살에 직접적인 영향을 준 사람, 그러니까 그들을 괴롭히던 주범이었다고 하면 그는 끝장날 수밖에 없다.

"그래서 저를 공격하는 사람들이 많습니다만…… 아무래도 회사에서는 저를 보호해 주지 못하겠답니다."

"아니, 어째서요? 이해가 안 가는데요."

"그게, 일단 이기기 힘든 게 문제입니다. 증언도 부실하고 증거도 부실합니다."

증언을 해 줄 만한 그 당시의 학생들을 찾는 건 어렵지 않았다.

하지만 어떻게 알았는지 그와 접촉한 모든 사람들이 명예 훼손으로 소송을 당했다.

그러자 인터뷰를 했던 사람들은 하나같이 입을 다물었다.

"허어?"

노형진은 눈을 찌푸렸다.

"증언이 없으니 제가 했던 걸 증명할 수도 없고요. 더군다나 제가 가지고 있던 증거도 도둑맞았습니다."

"네? 증거를 도둑맞아요?"

노형진은 깜짝 놀랐다.

증거를 도둑맞았다는 것은 이만저만 심각한 문제가 아니기 때문이다.

"그게 무슨 말입니까? 설마 그 자료를 회사에 뒀나요?"

"네, 그게 문제입니다."

도둑맞은 그날, 어째서인지 그의 사무실 카메라가 꺼져 있었다.

그런데 그의 사무실에 있는 카메라가 한두 대가 아니라는 게 문제다.

무려 네 대나 되는데 전부 고장 나다니.

"그러니까, 내부에서 누군가 사건을 덮으려고 하고 있다?"

"네. 그리고 그게 생각보다 높은 곳 같습니다."

"그래요?"

노형진은 눈이 저절로 찡그러졌다.

'벌써 시작인가?'

어떤 조직이든 영원히 깨끗할 수는 없다.

당연하게도 노형진이 만든 코리아 타임라인 역시 그럴 것이다.

과거에 모 신문사가 언론을 통제하려고 하자, 그 당시 바른 정신을 가지고 있다고 생각되는 사람들이 따로 나가서 언론사를 만들었다.

국민들은 그들을 믿고 후원을 해 줬지만, 정작 그들은 얼마 지나지 않아서 자신들을 도와줬던 국민들을 배신하고 자기 입맛대로 뉴스를 곡해해서 내기 시작했다.

'뭐, 상대적인 문제이기는 하지.'

똥통에 쓰레기가 들어 있다면 상대적으로 깨끗하다고 할 수도 있지만, 그걸 꺼내서 아무리 깨끗하게 씻어서 쓰레기통에 따로 담는다고 해도 결국 쓰레기는 쓰레기일 뿐이다.

기자들도 마찬가지.

기자들 중에서 상대적으로 깨끗한 사람이라고 해도, 그건 어디까지나 '상대적'이다.

어떤 기자가 어떤 언론사 내에서 상대적으로 깨끗해 보인다고 해서 그가 올바른 사람이라는 의미는 아니다.

도리어 그럴 가능성보다는, 그가 반대 파벌에 속해 있는 사람일 가능성이 더 높다.

당연히 그 기자가 그 언론사를 나온다고 해도 그가 100%

깨끗한 기사를 쓰리라는 보장은 어디에도 없다.

다만 상대 파벌에 대해서 깔 뿐이며, 필사적으로 자기 파벌을 보호하려고 할 뿐이다.

그렇다 보니 대부분 깨끗하다고 생각하는 기자는 깨끗한 게 아니라 주변이 너무 심하게 더러운 것뿐이다.

하지만 정상적인 사람 입장에서는 쓰레기통이나 똥통이나 더러운 건 매한가지고.

더군다나 기자라는 직업은 한국에서 견제받지 않는 직업이다.

절대적으로 부패할 수밖에 없다.

'결국은 이권 싸움이지.'

양쪽의 균형이 맞으면 조직이 깨끗하지만, 한쪽이 승리하면 그 조직은 부패하기 시작한다.

그리고 이 정도 시간이면 코리아 타임라인에서 한 조직이 승리하고도 남았을 것이다.

"그래서 그쪽에서는 방어를 못 해 준다고 한단 말이지요?"

"허위 사실을 유포하는 기자는 기자가 아니라고, 못 해 준답니다."

"흠……."

노형진은 턱을 문질렀다. 확실히 이건 심각한 문제다.

"그런데 그 고영진이라는 사람이 일진인 건 확실합니까?"

"네, 아주 유명한 일진이었습니다. 소문으로는 여자를 건

드려서 낙태시킨 경험도 있다고 하더군요. 둘 다 미성년일 때고, 합의에 의한 관계였겠지만…… 그 잘생긴 얼굴로 여자 몇몇 꼬시는 건 어려운 일도 아니었겠지요."

노형진은 눈을 와락 찡그렸다.

얼마 전에 엉뚱한 걸 그룹이 그런 터무니없는 소리를 들었으니까.

"그런 문제는 소문만 믿고 함부로 말하면 안 됩니다. 아시겠지만, 이런 건 새어 나가면 연예인 인생이 완전히 끝장납니다. 이런 건 확실한 정보가 없으면 공개하면 안 됩니다."

"압니다. 그래서 그 당시 간호사와 인터뷰도 했습니다. 아무래도 낙태라는 게 불법적인 일이다 보니까요."

"하지만 그 간호사가 굳이 그녀를 기억할 이유가 있을까요? 불법적인 낙태 시술을 하는 곳이라면 다른 환자도 많을 텐데요. 더군다나 그 당시 미성년자였다면 거기에 같이 가지는 않았을 거구요. 그런데 어떻게 고영진인 줄 안 겁니까?"

"고영진의 부모가 네 번이나 여자 쪽 가족들과 같이 왔다고 하더군요. 돈도 그쪽에서 지불했고요. 얼마 전 방송에 고영진의 가족들이 나오지 않았습니까? 확실하다고 하더군요."

"쿨럭."

노형진은 자신도 모르게 헛기침이 나왔다.

"네 번요?"

"네."

"아니, 미친 거 아닙니까?"

낙태는 절대로 안전한 시술이 아니다.

대한민국에서 낙태는 불법이다.

물론 몇몇 특수한 경우, 예를 들어 임신한 아이의 장애가 확실하거나 강간 등의 범죄로 인해서 임신한 경우 등 부모, 정확하게는 어머니가 되는 여성에게 극도로 불리한 상황이 주어지는 경우에는 법적으로도 허가되지만, 일반적으로는 불법이다.

정부에서 그걸 막는 이유는 여러 가지가 있는데 그중 하나가 여성의 건강이다.

낙태를 하는 경우 여성은 불임 가능성이 기하급수적으로 높아진다.

실제로 낙태를 할 때 의사들은 그나마 후유증을 막기 위해 특수한 영양제를 맞는 걸 권하는데 그게 100만 원 가까이 된다.

그렇다고 해서 몸에 부담이 안 되는 것도 아니다.

낙태의 진짜 큰 문제는 그 부담이 몇 년 후 진짜 아이를 가지고자 할 때 불임이라는 형태로 드러날 수도 있다는 것이다.

"끄응…… 돌겠네."

실제로 그런 이유로 이혼하는 경우가 적지 않다.

아이가 안 생겨서 병원에서 검사했는데 낙태 후유증으로 인한 불임이라는 진단이 나와 버리면 대부분의 남자들은 엄청난 쇼크를 받는다.

더군다나 그런 경우 그러한 사실을 숨기고 결혼한 여자에게 귀책사유가 있는 것이기 때문에 이혼소송을 할 때는 불리해질 수밖에 없다.

그리고 이뿐만 아니라 생명에 대한 윤리적 문제도 있다.

윤리적으로 봤을 때 아이를 임신했을 때 벌어지는 수많은 법률적 문제에 대한 고민은 여전히 수많은 법률학자들의 머리를 아프게 한다.

아직도 법률계에서는 생명으로 인정되는 시점에 대한 논의가 계속되고 있다.

생명으로 인정되는 시점이 임신하는 순간부터인지, 아니면 어느 정도 형태가 잡혔을 때부터인지, 아니면 출산한 순간부터인지.

얼핏 간단한 문제 같기도 하지만 절대 간단한 게 아니다.

생명의 윤리란 그런 거다.

만일 생명의 탄생의 순간을 임신한 순간으로 보면 낙태란 살인죄가 되기 때문이다.

반대로 출생한 순간을 기준으로 보면 임신 기간 중 태아는 어떠한 보호도 받지 못한다.

가령 아들을 원했는데 딸을 임신했다는 이유로 강제로 낙태 약을 먹이는 경우 그건 아이에 대한 상해인가, 아니면 어머니에 대한 상해인가의 문제가 생긴다.

아이라면 치명적인 상해지만 낙태 약의 특성상 어머니에

게는 큰 영향이 없기에 처벌이 약해진다.

지금이야 덜하지만 실제로 과거에는 극단적 남아 선호 사상 때문에 그런 황당한 범죄를 저지르는 사람들이 존재했다.

영양제라고 속이고 임산부에게 낙태 약을 먹인 사건이 있었던 것이다.

또한 생명의 탄생 시기를 출생으로 보면 그 이전에는 어머니에게 종속된 시기로 해석되어 태아를 기생체로 취급하게 되는데, 그런 경우 아이의 출생에 대해 생물학적인 아버지의 권한 자체가 인정되지 않는다.

생명이 아닌 신체의 기생체라서, 자신의 신체에 대한 여성의 독점적 권한이 인정되기 때문이다.

더군다나 법적으로 임신 기간은 대략 10개월.

그 기간 중 아버지가 사망하는 경우 그 재산의 상속에 대한 문제 역시 복잡해진다.

법적으로 아이가 임신 중 아버지가 사망하면 아이는 아버지의 재산을 상속받을 자격이 생긴다.

여기서 문제가 생기는데, 만약 사망한 경우에 아이가 없다면 그 재산은 부모와 아내가 나누지만 아이가 있다면 아내와 아이가 나눈다. 즉, 부모의 상속권 자체가 사라지는 것이다.

그렇다 보니 그런 경우 부모가 며느리에게 낙태를 종용한 사건도 적지 않았고, 반대로 상속이 종료된 시점에 아내가 아이를 낙태하고 재산 전액을 들고 도주한 사건도 존재했다.

어느 쪽이든 어른의 욕심 때문에 아이는 생명을 박탈당하는 것이다.

이렇듯 단순히 정치적 또는 이념적 문제만으로 낙태의 허용 여부를 결정하기에는 사회 전반의 문제가 복잡하게 연결되어 있어 까다롭다고 할 수 있다.

어찌 되었건 사람의 목숨이 달려 있는 일이니까.

"불법인 데에는 이유가 있는데 말이지요."

노형진은 눈을 찌푸렸다.

이렇듯이 복잡하고 위험한 문제이기 때문에 여성을 임신시키는 행동에 대해서는 극도로 조심해야 하는 것이 현실이다.

그런데 한 번도 아니고 네 번이나 그런 일을 저질렀다면, 몰라서 저지른 게 아니라는 뜻이 된다.

뭔 일이 터져도 나는 상관없다는 범죄자적 심리 상태로 접근했다는 소리다.

"하지만 그런 뉴스는 안 나왔는데……."

"저도 기자이기 이전에 인간입니다."

일진 사건은 고영진이 타인에게 저지른 범죄이기에 사회적으로 알려야 하는 사항이지만, 낙태의 경우는 여성의 인격권에 관한 부분이기에 아무리 기자라고 해도 조심스러울 수밖에 없다.

성진호가 그 뉴스를 터트리는 순간 질 나쁜 기자들이 그 여자들의 신상을 털어 내기 위해 눈에 불을 켜고 달려들 테니까.

"그래서 저도 적당히 끝내려고 했습니다. 그런데 이렇게 저를 죽이려고 덤비네요."

"그럴 겁니다. 고영진쯤 되는 배우라면 말이지요."

드라마 한 개, 영화 두 개가 연달아 대박이 났다.

그중 영화 하나는 천만을 달성하며 어마어마한 수익을 내고 있다.

"거기에다 광고만 해도, 어휴……."

현재 그가 하는 광고만 해도 마흔 개가 넘는다.

거기에다 무려 네 곳의 홍보 대사다.

"지금으로써는 최고의 유망주이니까요."

연기면 연기, 노래면 노래, 못하는 게 없는 팔방미인이다.

그런 남자가 과거에 그런 행동을 했다고 하면 인생 끝장나는 건 일도 아니다.

"그래서 저도 어지간하면 넘어가려고 한 겁니다."

성진호는 고개를 흔들었다.

"아무리 기자라고 하지만 반성을 하는 사람을 나락으로 떨어트리는 취미는 없습니다. 다른 기자들은 어떻게 생각할지 모르지만, 저는 언론이란 사회정의를 이룩하는 도구라고 보거든요."

"그래서요?"

"처음에는 그냥 단순한 일진설인 줄 알고 그냥 묻을 생각도 있었는데…….”

하지만 조사를 시작하자 이건 도무지 넘어갈 수 있는 수준이 아니었다.

낙태 문제야 개인적인 일이고 서로 합의하에 한 거지 강간이 아니었으니 성교육 자체를 터부시하는 멍청한 기성세대의 잘못이라고 넘어간다고 해도, 세 명이나 자살을 시킨 상황이다.

“그래서 찾아갔습니다.”

“찾아갔다고요? 왜요?”

“사죄하라고요.”

그로 인해 자살을 한 사람의 유가족들, 그들에게 사죄하고 적절한 배상을 한다면 조용히 넘어가겠노라고 말이다.

“그런데 도리어 적반하장이더군요.”

‘어디서 그딴 소리를 주워들었느냐?’라는 소리부터 ‘개소리하면 고소하겠다.’, ‘여기가 어디인 줄 알고 협박질이냐.’라는 소리까지, 말도 안 되는 그 태도에 성진호는 질려 버렸다.

“그래서 공개하기로 한 겁니다.”

처음에 공개했을 때는 제법 이슈가 되었다.

그러나 갑자기 후속 보도를 위에서 막으면서 파워는 줄어들었고, 도리어 그들의 변명이 더 빨리 퍼지기 시작했다.

“일반적인 경우라면 기자들에 대한 명예훼손은 성립되지 않는데요.”

법적으로 명예훼손은 기자들에게 성립되지 않는다.

공익을 위한다는 확실한 목적에 부합되기 때문이다.

"그래서 그쪽은 허위 사실 유포로 인한 명예훼손으로 소송을 걸었다 이거군요."

노형진은 심각한 표정으로 말했다.

진짜 다급한 경우에 기자들의 입에 재갈을 물리려고 쓰는 방식이 허위 사실 유포로 인한 명예훼손으로 몰고 가는 것이니까.

"그리고 그때 취재 자료가 털렸고요."

동시에 증언을 했던 모든 사람들에게 허위 사실 유포로 인한 명예훼손으로 고소가 들어갔다.

"이건 너무나 뻔하군요."

누군가 소속사의 부탁을 받고 자료를 훔친 것이다.

그리고 그걸 바탕으로 상대방을 특정하고 그들을 고소해서 입을 다물게 할 목적인 게 뻔했다.

"이 상황에서는 제가 질 수밖에 없습니다. 더군다나 고영진과 MKS라면 정치권으로 선이 좀 닿아 있거든요."

MKS는 고영진이 속한 소속사로 한국의 3대 메이저 기획사 중 한 곳이다.

요 근래 급속도로 성장한, 많은 연예인 지망생들이 꿈꾸는 곳 중 하나다.

"정치권에요?"

"네. 아무래도 규모가 있다 보니 연습생을 성 접대로 돌리거나 하지는 않지만요."

하지만 다른 곳에서, 가령 룸살롱 같은 곳에서의 성 접대는 기본이고, 돈 역시 적지 않게 뿌리고 있다고 한다.

"괜히 한국의 3대 메이저 중 하나가 아닙니다."

노형진이 만든 엔터테인먼트조합에 속하지 않은 3대 메이저. 그들의 힘은 어마어마하다.

단순히 소속된 연예인들만의 문제가 아니라 그들이 주변에 미치는 영향력 역시 강력하기에 쉽게 공격할 수가 없다.

"MKS라……."

노형진은 긴 한숨을 쉬었다.

확실히 호락호락한 상대방은 아니다.

더군다나 지금 상황에서 본다면 불리한 것은 성진호다.

"의뢰를 받아 주시겠습니까?"

"받아들여야지요."

노형진은 고개를 끄덕거렸다.

'그리고 신문사 쪽도 손을 좀 봐야겠고 말이야.'

노형진은 그 말은 속으로 꿀꺽 삼켰다.

⚖

"MKS요?"

노형진은 이 사건에 대해 잘 알 만한 사람을 찾아갔다.

다름 아닌 심한규였다.

오랜 시간을 엔터테인먼트 세계에서 일해 온 사람이니 그들에 대해 잘 알 거라 생각했기 때문이다.

"외부적 평가가 궁금하신 건가요, 아니면……?"

"소송 대상입니다. 그들의 진실이 필요합니다."

"소송 대상이라고 하면…….'

심한규는 긴 한숨을 쉬고는 조심스럽게 입을 열었다.

"재능도 열정도 있지만 양심은 없다는 게 MKS의 최양렬 사장에 대한 평가입니다."

"양심은 없다고요?"

"네. 그는 모든 걸 돈으로만 보지요. 실로 탁월한 사업가입니다. 사업적 재능은 누구 못지않지요. 재능이 있는 사람을 알아보는 안목? 천재적입니다. 하지만 사람을 사람으로 대하지 않습니다. 오로지 도구로 대하죠."

돈만 된다면 어마어마한 보물이지만 돈이 안된다면 이만저만 식충이 취급을 하는 게 아니다.

"그가 한 말이 있지요. 연예인은 상품이다. 상품은 물건이다. 물건에 인성이나 권리 따위는 없다."

"헐."

"당연히 인성 교육이 제대로 이루어질 리가 없지요."

하물며 과거에 비해 요즘은 아주 어려서부터 연예인이 되기 위해 훈련을 시작한다.

과거에는 오디션을 보고 길거리 캐스팅 같은 걸 통해 데뷔했지만 지금은 일반적으로 10대 초중반, 심한 경우는 열 살도 되기 전에 캐스팅해서 훈련시키고 교육을 시킨다.

"하지만 MKS에는 인성 교육 커리큘럼이 없는 것으로 알고 있습니다."

"그러나 시대가 바뀌지 않았습니까?"

"두 가지 이유 때문이지요. 첫째는 MKS에 무마할 수 있는 힘이 있다는 것, 둘째는 아예 다른 곳으로 가는 걸 막기 위해서."

"다른 곳으로 가는 걸 막는다?"

"네. 사장이 그런 마인드를 가지고 애들을 키우는데 거기 소속 연예인이라고 멀쩡하겠습니까? 생각해 보세요. MKS에서 나온 후 제대로 성공한 연예인이 있던가요?"

"글쎄요, 저는 잘 몰라서요."

"없습니다."

일단 인성이 평균적으로 안 좋다는 게 사실인 데다가 연예계에서 생활을 하다 보면 그 인성이 소문이 안 날 수가 없다.

"그러니 다른 곳에 가더라도 그곳이 그걸 무마할 수 있는 수준의 힘을 가지고 있지 않으면 언제 터질지 모르는 폭탄이나 마찬가지인 겁니다."

그렇다 보니 어지간히 성공한 사람이 아니면 다른 곳에서 쉽게 데려가지 못한다.

단순히 돈이 문제가 아니라, 그가 터지면 자기한테 소속된 대부분의 사람들이 피해를 보기 때문이다.

"그래서 MKS에서 나가는 대부분은 다른 곳으로 옮겨 가는 게 아니라 개별적으로 소속사를 세웁니다."

"그래요?"

"네. 물론 그 소속사는 힘이 약하니 MKS에서 출연을 막는 게 별로 어렵지 않지요."

단시간 내에 드러나지는 않지만 결국 그들은 방송이 줄고 천천히 잊혀 간다.

"그 꼬라지다 보니 그 안에서 버티는 사람은 둘 중 하나입니다. 진짜 절박하든가 아니면 최양렬과 같은 부류든가. 아, 일부 연예인들은 계약 때문에 어쩔 수 없이 묶여 있지만요."

"흠……."

노형진은 심각한 표정이 되었다.

그런 상황이라면 여러모로 연예인의 활동이 제약되기 때문이다.

"그러고 보니 그러네요. 말씀하신 연예인들은 거의 대부분 그다지 좋은 결과를 받아 들지 못한 것 같군요."

실력도 실력이지만 어째서인지 방송에서 그들을 보기 힘들어졌다.

"그게 다 최양렬 사장 때문입니다. 자기를 떠나면 어떻게 해서든 보복을 하거든요."

"그런데도 여전히 떠나는 사람이 있고요?"

"최고 아니면 최저. 그걸 아니까요."

세상에는 최고와 최저만 있는 게 아니다.

그들보다 훨씬 압도적인 숫자의 중간이 있다.

당장 드라마도 톱스타 하나로 완성되지 않는다.

감초라 불리는 조연, 잠깐이나마 얼굴을 비치는 단역 그리고 엄청난 숫자의 엑스트라들이 그 빈자리를 메꾸는 것이 보통이다.

"하지만 MKS는 최고가 아니면 인정을 안 합니다. 실제로 최고의 자리에 올라갈 수가 없다고 생각하면 그냥 나오는 게 신상에 좋고요. 최고가 아니면 나가든 말든 신경도 안 쓰니까요."

"하지만 여전히 지망생은 많은데요?"

"최고가 되면 누구도 따라 하지 못할 정도로 지원을 확실하게 해 주니까요."

거기에 넘어가서 계약한 수많은 최고의 스타들 덕에 MKS가 3대 메이저 연예 기획사가 된 것이다.

"아마 그 안에서 마약 검사라도 하면 난리가 날걸요."

"네? 마약 검사요?"

"소문으로는, 원하면 마약까지 가져다 바치는 게 MKS라고 하더군요."

"미쳤군요."

"하지만 그만큼 확실하게 톱스타를 잡아 둘 수 있는 방법이 없죠."

마약 관련해서 터지면 그때는 완전히 인생이 끝장나니까.

"그런데 무슨 일입니까? MKS와 싸우는 게 쉬운 일은 아닐 텐데요."

"사실은 명예훼손에 관련된 재판이 있습니다."

"아하! 상대방이 기자군요."

"어떻게 아셨습니까?"

"MKS의 기본적인 전략이거든요. 내부 전략이라고 해야 할까요?"

일단 자기들의 예민한 부분을 건드리는 기자를 소송을 통해 제거한다.

그와 동시에 그가 속한 언론사에 압박을 가한다.

"대표적인 게 해당 언론사와는 어떠한 인터뷰나 접촉도 거부하는 거죠."

다른 회사라면 불가능하겠지만 MKS는 가능하다.

이미 광고할 곳은 많으니까.

"그러면 언론사 입장에서는 곤란해지죠."

당대의 톱스타들이 많이 속한 그곳에서 그들만 소외되면 당연히 정보에서 한참 늦어지는 현상이 발생한다.

지금의 기자들은 기사의 클릭 수에 따라 보너스를 받는다.

당연히 MKS와 척져서 좋을 게 없다.

"더군다나 정치적인 압력도 들어가니까."

노형진은 입맛을 쩝쩝 다셨다.

심한규의 말대로 쉬운 일이 아닐 듯했다.

"싸워서 이길 자신 있으신가요? 정말 쉽지 않을 텐데요."

노형진은 고개를 끄덕거렸다.

"자신이 있다기보다는 최선을 다하는 거죠."

"하지만 증거가 없는데 어떻게 재판을 뒤집으실 생각입니까?"

증거가 없으면 법정에서는 어떠한 주장도 효과가 없다.

"다른 증거들과 증인을 찾아야 하겠지요."

"하지만 어떻게요? 다들 잔뜩 움츠러들었을 텐데."

노형진은 피식 웃었다.

"모두 다는 아닙니다. 세상에는 무서운 게 없는 놈이 있기 마련이거든요, 후후후."

⚖

일단 중요한 것은 소송에 들어가서 MKS를 막는 것이었다.

당연히 피의자인 성진호를 방어하기 위해, 노형진은 경찰서로 조사를 받으러 갈 때 동석을 했다.

그리고 반갑지 않은 곳의 사람을 만났다.

"법무 법인 태양? 허!"

손채림의 아버지 손하균이 운영하는 법무 법인 태양. 그곳이 MKS를 대신해서 고소를 진행한 것이다.

"아주 작심을 한 것 같네요."

보통 정치권과 대기업 사건을 주로 하는 태양이다.

그런 태양이 소송에 등장했다.

더군다나 이건 형사소송이다. 사실상 변호사가 할 수 있는 것은 거의 없다.

그런데도 태양 정도의 거물을 썼다는 건, 어떻게 해서든 성진호를 처벌하겠다는 것이다.

"이렇게 될 줄 아셨잖습니까? MKS 입장에서는 고영진을 지키기 위해 뭐든 해야 하는 상황이니까요."

성진호의 처벌이 중요한 게 아니다.

이 재판에서 이겨서 고영진이 일진이었다는 소문을 덮는 것이 중요하다.

그러기 위해 가장 좋은 방법은 성진호를 범죄자로 처벌하는 거다.

그러면 누가 봐도 그가 거짓말한 거라고 생각할 테니까.

"조사 시작하겠습니다."

경찰은 실로 부담스러운 표정이었다.

그럴 수밖에 없는 게, 양측 다 변호사가 동석한 채로 그를 뚫어져라 쳐다보고 있었으니까.

"이름부터."

차근차근 진행되는 조사.

그리고 드디어 본론이 나오자 양측은 첨예하게 대립했다.

"그러니까 이 증언을 하신 분들이 있단 말이지요?"

"증언이라니요! 어디까지나 가해자 측에서 주장하는 내용일 뿐입니다. 정확하게 기재하세요! 증언이 아니라 주장!"

"네? 아, 네네……."

노형진은 그걸 보고 기가 막혔다.

'이것들 봐라?'

그는 어떻게 해서든 조서를 불리하게 쓰게 하기 위해 온 것이 분명했다.

변호사들은 안다, 아 다르고 어 다른 게 판결이라는 것을.

그래서 단어 하나에도 계속 부딪칠 수밖에 없다.

'그렇게 나온다 이거지.'

노형진은 피식 웃었다.

요 근래에 민사에 집중하느라 형사사건을 좀 적게 했다고 해서 그가 형사를 할 줄 모르는 건 아니다.

애초에 형사사건은 누구보다 잘할 자신이 있다.

"어허! 주장이라니요! 주장은 아니죠."

"주장이 아니면 뭡니까? 증언이라니, 그들이 경찰이나 검찰 같은 곳에서 발언한 것도 아닌데 증언이라는 건 말도 안 되죠."

물론 그건 맞는 말이기는 하다.

하지만 그런 말에 홀랑 넘어가서 주장으로 바꾸면 안 된다.

증언이란 말 그대로 어떤 사람이 공적으로 아는 사실에 대해서 제보하거나 또는 공익을 목적으로 다른 사람에게 말하는 것을 뜻한다.

당연히 증언이라는 단어를 쓰면 제보자의 진술에 신빙성이 생기고, 공익 제보로 분류되면 처벌을 면한다.

그에 반해서 주장은 한 사람이 자신의 의견을 다른 사람에게 일방적으로 말하는 것을 뜻한다.

주장이란 극도로 개인적인 감정이며 공익적 정보 기능이 없다.

당연히 주장으로 표기되면 판사가 봐서는 이 사람이 개인적으로, 감정적으로 발언한 것으로 느낄 수밖에 없다.

그러면 당연히 명예훼손의 가능성은 높아질 수밖에 없고 말이다.

이러한 '아' 다르고 '어' 다른 방식 때문에 형사사건에는 변호사가 꼭 필요한 것이다.

"그러니까 주장이라는 거죠? 네, 주장."

경찰은 허둥대며 단어를 바꾸려고 했다.

하지만 그걸 보고 그냥 넘어갈 노형진이 아니었다.

"주장이 아니라고 말씀드렸잖습니까. 주장은 말 그대로 개인적인 또는 집단적인 의견일 뿐입니다. 하지만 이 경우는 과거에 대한 증언이에요."

"증언 아니라니까요!"

"좋습니다. 그러면 제보 정도가 되겠네요. 어때요? 이제 문제 될 것 없겠죠?"

제보. 언론사나 기자에게 어떠한 사실을 알려 주는 행위.

"그건 안 됩니다!"

"그럼 이번 사건에서 이 단어가 사용되지 않아야 하는 이유에 대해 말씀해 주시죠."

상대방 변호사는 붉으락푸르락한 얼굴이 되었다.

'말 못 하겠지.'

기본적으로 제보라는 것은 그 바탕에 진실이라는 뉘앙스를 깔고 있다.

사람들이 진실을 제보한다는 식으로 말이다.

그러니 상대방 변호사는 안 된다고 말하고 싶을 것이다.

하지만 단어의 의미라는 부분에서, 현 상황에 대해 제보만큼이나 확실하게 표현할 만한 단어는 없다.

"없으시죠? 좋습니다. 제보로 가죠."

"네? 제보요?"

"안 적습니까?"

"아…… 네, 네……. 제보. 그러니까 제보한 게 이 사람들이라는 거죠?"

"네."

"그러면 그분들이 고영진 씨가 일진이라고 고영진 씨에게 피해를 입었다고 주장, 아니 제보하신다고 하면……."

노형진은 피식 웃었다.

단어 하나에 발작하는 저쪽에서 하는 식대로, 이쪽도 방법이 있다.

"일진이라니요!"

"네?"

이번에는 노형진이 발작하자 경찰은 기겁을 했다.

"일진이라는 건 법률 용어가 아니죠. 이거 공식 서류 아닙니까?"

"어…… 공식 서류는 맞죠."

"어떻게 공식 서류에 일진 같은 비법률적 속어를 쓸 수 있습니까? 정식으로 기재해 주세요. 폭력 집단 구성에 관한 법률 위반이라고."

"아니, 그건……."

"아니면, 학생이 만든 폭력 집단은 폭력 집단이 아닌가요?"

상대방 변호사가 소리를 버럭 질렀다.

"어린 학생들이 그럴 수도 있지요!"

"그건 가해자 부모들이나 할 만한 말이고, 우리는 변호사 아닌가요? 단어 선택은 확실하게 합시다. 폭력 집단 구성에 관한 법률 위반 또는 학교 폭력 행위에 관한 집단 구성 같은 거요."

"아니, 이 사람이 보자 보자 하니까!"

일진이라는 단어가 아무리 부정적이라고 하지만 폭력 집

단이라는 표현과는 그 의미가 전혀 다르다.

일진이 세간에서 주로 양아치를 가리키는 말로 쓰인다면, 폭력 집단은 주로 조직폭력배를 지칭할 때 쓰이니까.

"제가 보자고 한 적 없는데요? 제가 단어를 잘못 골랐습니까? 일진은 일반적으로 쓰는 속어이지 법률 용어는 아니잖습니까?"

노형진은 느긋하게 말했다.

"일진 말고 다른 법률적 용어도 상관없습니다. 아, 협박 및 갈취, 폭행의 피의자라는 표현도 있겠네요."

노형진은 눈을 반짝이며 상대방 변호사를 바라보았다.

"어디 한번, 제대로 단어의 정의에 대해 이야기해 볼까요?"

⚖

분명 어제 조사를 하러 들어갔을 때가 오후 3시였다.

그런데 지금 노형진이 나오는 시간도 오후 3시다.

무려 스물네 시간의 조사 결과. 노형진도 성진호도 피곤하다 못해 쓰러질 것 같은 느낌이었다.

"그렇게 단어 하나하나로 싸워야 했습니까?"

"그래야 합니다. 이런 서류는 보통은 별 대수롭지 않게 느껴지는 단어 하나로 장난치는 경우가 많더군요. 사실 경찰이 조사할 때 MKS에서 올 필요는 없습니다. 아무런 권한도 없으니까요. 그런데 굳이 그를 왜 보냈을까요? 바로 단어 가지고 장난치려고 한 겁니다."

서류에 묘하게 부정적인 단어를 집어넣음으로써 성진호에게 불리한 결과를 도출하려는 목적이었던 것이다.

맥락이 같다고 하더라도 그 단어가 주는 느낌이 다르면 그에 따라 상대방에 대한 이미지도 달라진다.

"몰랐다면 어쩔 수 없겠지만 알고도 마냥 당할 수만은 없죠."

단어 하나가 나올 때마다 이삼십 분, 길게는 한 시간씩 싸워 대니 진술서 하나 쓰는 데에만 하루가 꼬박 걸린 것이다.

"상대방 변호사는 질린 표정이던데요."

"이럴 줄은 몰랐을 테니까요."

"그건 그래도, 이건 좀 피곤하네요."

"그래도 결과는 좋지 않았습니까? 시간도 충분히 끌었고."

"네? 고의로 시간을 끌었다고요?"

노형진의 말에 성진호는 고개를 갸웃했다.

MKS 측 변호사가 단어를 가지고 물고 늘어질 때 방어를 한 건 이해가 가는데 고의로 시간을 끌었다니?

"어찌 되었건 우리가 불리한 건 사실 아닙니까?"

"그건 그렇지요."

"그러니까 우리가 그들을 꺾기 위해서는, 경찰이 우리에게 불공정하게 대한다는 느낌을 줘야 합니다."

MKS가 이번 일을 덮기 위해 어마어마한 로비를 벌이고 있는 건 분명하다.

당연히 이번 싸움에서 불리한 것은 성진호다.

"사람들은 그래도 경찰이 나름 중립을 지킬 거라고 믿습니다. 물론 현실은 아니지요. 아니, 심적으로 고영진과 MKS 편을 들 겁니다."

"끄응……"

고영진은 공인이고 연예인이다.

당연히 평소에도 방송을 하고 이미지 작업도 해 놨을 것이다.

그러니 사람들은 알게 모르게 고영진에게 심적으로 넘어가 있다.

그에 반해 성진호는 잘 알려지지 않은 기자다.

물론 검색을 하면 과거의 기사가 나오기는 하겠지만 그걸 찾아볼 사람은 그다지 많지 않다.

"설사 검색을 한다고 해도 기자라는 특성상 좋은 이야기는 없겠지요."

기자라는 존재는 필연적으로 부정적인 소식을 전하는 사람일 수밖에 없다.

그리고 그중 몇 개는 그 진실이 여전히 알려지지 않은 사건일 수도 있다.

"그런 경우는 싸우는 순간 이쪽이 거짓말을 한다는 느낌을 받는 게 사람입니다."

"그러면 어쩌지요? 조사를 이렇게 받는다고 해서 우리가 딱히 믿음을 줄 수 있을 것 같지는 않은데요."

노형진은 고개를 끄덕거렸다.

"그야 그렇지요. 하지만 상대방, 특히 경찰에 대한 믿음을 깰 수는 있습니다."

"네?"

"잠시만요, 후후후."

노형진은 성진호를 안쪽에 두고 경찰서 바깥으로 나갔다.

어느 틈엔가 경찰서의 입구에는 사람들이 가득 서 있었다.

다들 카메라를 들고 있는 기자들이었다.

"친애하는 기자 여러분, 저는 이번 사건에서의 경찰의 불공정을 이야기하고자 합니다. 일반적으로 이러한 사건은 조사 시간이 세 시간을 넘지 않습니다. 하지만 우리는 무려 스물네 시간이라는 긴 시간 동안 조사를 받았습니다. 조사의 연장에 대해 동의한 것은 사실이나, 스물네 시간에 달하는 초장기 조사는 명백하게 성진호 씨에 대한 부정적 목적이 있다고 생각할 수밖에 없습니다."

기자들은 열심히 뭔가를 적고 녹음기를 들이밀었다.

"그 말이 사실입니까?"

"설마 스물네 시간 내내 조사를 받으신 겁니까?"

"그렇습니다. MKS 측 변호사가 동석해서 쓸데없는 단어 하나하나를 지적하면서 고의적으로 시간을 끌고 최대한 성진호 씨에게 불리한 진술서를 작성하기 위해 노력했습니다.

본 변호인으로서는 이해할 수 없는 상황이었습니다. 고소인 측 변호사가 경찰 조사에 동석하면 안 된다는 법은 없지만 반대로 꼭 동석해야 한다는 법도 없습니다. 하지만 고소인 측 변호사는 마치 경찰과 사전에 이야기가 된 것처럼 단어 하나하나를 지정하면서 조서를 쓰도록 유도했습니다."

노형진은 그렇게 말하면서 슬쩍 고개를 돌렸다. 그리고 막 경찰서 밖으로 나오던 MKS 측 변호사의 표정을 살폈다.

아니나 다를까, MKS 측 변호사가 당황해서 어쩔 줄 몰라 하는 모습이 보였다.

'내가 설마 나오자마자 언론에 깔 줄은 몰랐겠지.'

변호사들끼리의 이런 신경전은 사실 무척이나 흔하다.

당연하다. 변호사는 의뢰인의 이익을 위해 최선을 다하는 존재이니까.

'하지만 그 사이에 경찰이 끼면 이야기가 달라지지.'

변호사의 명령을 받는 경찰.

필요 이상으로 조사 시간을 질질 끈 경찰.

아 다르고 어 다른 건 단어도 마찬가지지만 그 작은 차이로 상황도 다르게 볼 수 있다.

하물며 이번 경우처럼 노형진이 선빵으로 기자회견을 해 버리면 뒤에서 뭐라고 하든 그건 결국 변명이 되어 버릴 뿐이다.

'내가 이럴 줄 알고 기자들을 불러 놨지.'

기자들은 노형진의 말을 당장 기사화했고, 상대방 변호사는 어떻게 대응할지 몰라서 다급하게 그곳을 떠났다.

"우후후후."

그 뒷모습을 보면서 노형진은 승리의 미소를 지을 수 있었다.

⚖️

스물네 시간의 밤샘 조사, 정상인가?

단어 하나하나까지 MKS 측 변호사가 지정해

노형진은 인터넷에 도는 뉴스를 보다가 꺼 버렸다.

"생각보다 이거 보도한 곳이 적네요."

고연미 변호사가 어깨를 으쓱하며 말했다.

"어쩔 수 없습니다. MKS에서 관리하고 있을 테니까요. 이런 작은 곳은 관리도 안 했겠지만요."

노형진은 키득거리며 말했다.

"그래서 진실을 제보한 건가요?"

"그럴 리가요. 이런 작은 곳에서 이야기를 전한 건 그거죠. 우리도 그 관리라는 것 좀 받아 보자."

"아……."

"그런데 고연미 변호사님이 어쩐 일로 오셨습니까? 이번 사건과는 딱히 관계도 없으시잖습니까?"

"아니, 그 미친놈 사건이 어떻게 되어 가나 궁금해서요."

"미친놈?"

"고영진 그 미친놈이 원래 가수 출신이잖아요."

"어? 그래요?"

"네. 모르셨나요? 하긴 가수로는 그다지 빛을 못 봤으니까."

고연미는 어깨를 으쓱하며 말했다.

"그 미친놈이 제 후배예요. 인사는 몇 번 안 했지만요."

"왜요? 좀 차이가 많이 나나요?"

"그럴 리가요. 정확하게 말하면 MKS 기세만 믿고 군소 소
속사 선배들은 본 척도 안 한 거죠. 더군다나 여자 가수들은
그 녀석을 별로 안 좋아했어요. 발정 난 개처럼 여기저기 찝
쩍거렸으니까요. 소문으로는 어떤 걸 그룹에 한꺼번에 대시
해서 서로 멱살 잡게 만들었다고 하던가? 하여간 그래서 매
니저들이 그 인간이랑 같이 있는 걸 보면 기겁을 했어요. 요
주의 인물이었다니까요."

노형진은 무슨 소리를 하는지 알 것 같았다.

개인적으로 좋지 않은 감정을 가지고 있다면 당연히 사건
이 궁금해질 수밖에 없다.

"뭐, 잘되어 가고 있으니까 걱정하지 마세요, 후후후."

"그래도 전 걱정이네요. MKS에 대해 잘 알고 있으니까요.
사장님에게도 들으셨다고는 하지만."

"네, 정보는 충분합니다. 어떻게, 이번 사건도 도와주실

생각이 있나요?"

"애석하게도 이번에는 저도 바빠서요."

고연미는 어깨를 으쓱했다.

그녀도 같이하고 싶지만 이번에 나서기에는 여러모로 그림이 좋지 않았다.

"다만 혹시나 해서 드리는 말씀인데요."

"어떤 거죠?"

"MKS가 폭력 조직을 동원한다는 이야기가 있어요."

"폭력 조직요?"

"네. 사장님은 잘 모르실 거예요."

하지만 고연미는 분명 들었던 소문이다.

소문은 소문일 뿐이라서 그냥 묻혔지만 말이다.

하지만 노형진에게는 심각한 문제였다.

"그게 무슨 말이죠?"

"MKS에 속한 연예인들은 스토커들에게 고생해 본 적이 없어요. 이게 무슨 뜻인지 아시죠?"

"흠……."

노형진은 얼마 전 고연미와 함께 스토킹을 하는 미친놈을 떨쳐 내는 데 엄청나게 고생을 했다.

하물며 일반인도 그런데 연예인들이 그런 고생을 전혀 하지 않는다?

그건 말도 안 된다.

"정확하게는, 스토킹을 하는 사람이 없어요. 그렇게 톱클래스의 인기를 끄는데 말이지요. 제가 무슨 말을 하는지 아시겠지요?"

"네, 알겠습니다."

경찰에 제보도 하지 않는데 스토킹을 그만둔다?

이는 즉, MKS가 합법보다는 불법을 더 선호한다는 의미가 된다.

"뭐, 그건 제가 알아서 하겠습니다."

"그저 걱정돼서 드린 말씀이에요."

"걱정하지 마세요. 그런 거, 제가 언제 두려워했던가요?"

"그건 그렇지요."

고연미는 고개를 끄덕거렸다.

노형진은 그런 걸 절대로 두려워하지 않는다.

"아마 그들을 쓰기 전에 이미 결판은 날 겁니다, 후후후."

⚖️

노형진은 며칠 후에 성진호를 만났다.

"당장 성진호 씨에 대한 재판은 상당히 오래 걸릴 겁니다."

"그건 그렇지요."

최소 2~3주간 조사를 하고 검찰에서 추가 조사를 한 다음 재판까지 가기 위해서는 한 달은 잡아야 한다.

"그리고 그 기간 동안 MKS는 수사 중임을 이유로 후속 보도를 막을 겁니다."

"그건 그래요. 이미 보도 금지 가처분 신청이 나와 있습니다."

"그래서 어떻게, 보도하실 건가요?"

"그건 힘들죠."

성진호는 고개를 흔들었다.

"보도를 하고 싶어도 위에서 커트하고 있어서요."

"압니다. 이런 경우는 시간이 지나면 천천히 잊힙니다. 그럴 수밖에 없지요. 후속 보도가 없으면 사람들은 기자가 헛소리한 것이었구나 하게 되거든요."

"후우, 잘 아시네요."

이미 성진호가 몇 번이나 후속 보도를 하려고 했지만 코리아 타임라인에서 철저하게 막았다.

공식적으로는 수사 중이라서 못 한다지만, 실제로 언론사가 그런 걸 신경 쓴 적은 단 한 번도 없다.

"그러니 다른 사람들에게 계속 각인시켜 줘야 합니다. MKS가 원하는 건 사람들이 잊는 거니까요."

"하지만 방법이 없지 않습니까? 제 후속 보도도 안 나가고, 다른 언론사에서도 내줄 수 없다는 소리만 하고."

다른 경우라면 이미 후속 보도부터 시작해서 우라까이가 어마어마하게 퍼졌어야 정상이다.

그런데 어쩐 일인지 이번에는 그러한 모습이 전혀 없었다.

"그래서 드리는 말씀입니다만, 다른 방식으로 사건을 사람들에게 각인시키도록 하죠."

"어떻게요? 이번 사건에 대해 저는 아무런 말도 못 합니다."

노형진은 고개를 끄덕거렸다.

"하지만 방법이 없는 건 아니죠. 다른 분들이 계시지 않습니까?"

"다른 분들요?"

"네. 기자님에게 증언을 해 주신 분들요."

"그분들은 이미 허위 사실 유포로 인한 명예훼손으로 고소당하셨습니다."

"알고 있습니다."

노형진은 고개를 끄덕거렸다.

그건 애초에 처음부터 들었던 소리다. 그래서 이번 사건이 힘든 거고.

"그걸 방어하기 위해 우리가 나서는 겁니다."

"네? 방어요?"

"네. 생각을 해 보세요. 허위 사실 유포는 누군가에게 피해를 주기 위해 하는 겁니다."

그 말을 하는 사람은 보통 상대방에게 원한을 가진 부류다.

아무것도 모르는 사람이 해 봐야 그런 말은 아무런 소용이 없다.

"그래서요?"

"성진호 씨의 서류를 훔쳐서, 그들은 취재에 도움을 준 사람들을 고소했습니다. 그런데 그 고소당한 사람들의 숫자가 많다면서요?"

"그렇죠."

"한 사람이 누군가에게 원한을 가지고 허위 사실을 유포할 수는 있지요. 그런데 동시에 백 명이 한꺼번에 같은 증언을 했고 그로 인해 그들이 한꺼번에 명예훼손으로 고소당했다면, 외부에는 어떻게 보일까요?"

"......!"

성진호의 눈이 크게 떠졌다.

그 고소로 인해 사람들이 지금까지 입을 다물고 있는 상황이다.

"하지만 말을 하는 것은 입뿐만이 아닙니다. 사실 사람이 말로 전달하는 정보는 40% 정도밖에 안 된다고 하지요. 그래서 행동심리학자는 사람을 만나서 어떻게 행동하는지 지켜보기 전에는 절대 믿으면 안 된다고 합니다."

입으로야 얼마든지 거짓말을 할 수 있다.

하지만 행동, 그것도 집단의 행동은 거짓말하기가 힘들다.

"이런 경우는 집단에서 작심하고 고영진에 대해 거짓말을 하지 않는 이상에야 발생할 수 없는 상황이지요."

그러나 그 사람들이 그럴 이유가 없다.

더군다나 고영진은 그 사건과 관련해서 다른 사람들을 무차별적으로 고소해서 입을 다물게 하고 있다.

"사람들은 그렇게 무차별적인 고소에 목적이 있다고 생각하겠군요."

"네. 그 사람들은 아마 각자 따로 소송을 통해 해당 사건을 해결하려고 할 겁니다. 하지만 그걸 우리가 묶으면 이야기가 달라지지요."

뭉쳐지는 순간 숫자가 보일 테니까.

"수첩을 잃어버리셨으니 쉽지는 않을 테지만……."

성진호는 고개를 흔들었다.

"아닙니다. 생각보다 어렵지 않습니다. 애초에 개인적인 연락처는 핸드폰에 다 저장하는걸요."

"아!"

"수첩에 적혀 있는 건 그들의 진술 내용입니다."

그러니 만나서 다시 받으면 그만이다.

"그리고 그들 말고 다른 사람들도 좀 만나 주셨으면 좋겠습니다."

"다른 사람들요?"

"네. 그 사건에 대해 알 것 같은데 결국 진술하지 않은 사람들도 있지요?"

성진호는 고개를 끄덕거렸다.

"그들을 만나서 이야기를 하세요. 녹음도 하시고요."

"하지만 그게 효과가 있을까요? 그들은 전에도 아무 말 하지 않았는데요."

"전에는 하지 않았을 겁니다. 사실 이번에도 하지 않을 테고요. 하지만 다음번에는 할 겁니다."

노형진은 웃으며 말했다.

⚖️

성진호는 자신과 만났던 사람들을 찾아다니면서 의뢰를 하도록 설득했다.

"최저 금액으로 새론에서 해 주기로 했습니다. 저와 같은 사건이니까 같이 묶어서 해 주실 거예요."

"하지만 그런다고 해서 소송이 취하되는 것도 아니고……."

젊은 여자는 걱정스럽게 말했다.

그녀는 고영진과 같은 반 친구였다.

아니, 친구라는 표현은 어울리지 않았다.

왕따의 대상은 아니었으나 왕따의 대상이 될까 두려워서 언제나 숨죽이고 살았으니까.

"그러니까 더 해야 합니다. 만일 여기서 물러나면 분명 명예훼손이 성립됩니다."

"그러면 안 돼요! 당장 취업도 힘든데 전과까지 생기면 저 진짜 망해요!"

"그래서 말씀드리는 겁니다. 이미 고소가 들어갔고 수사가 진행 중입니다. MKS의 힘이면 분명 전과가 생깁니다. 하지만 그 말이 진실이라고 증명된다면 허위 사실 유포로 인한 명예훼손이 성립되지 않습니다."

"그건 그렇겠지만……."

"그리고 그게 허위 사실이 아니라는 게 증명되면 저 역시 무죄가 나옵니다. 제가 무죄가 나온다면 당연히 제보하셨던 것도 공익 제보로 분류되기 때문에 처벌을 받지 않습니다."

성진호는 노형진에게 배운 대로 사람들을 설득했다.

"어차피 진행된 소송입니다. 저쪽에서는 뭐라고 하던가요? 돈을 달라고 하던가요?"

"아니요……."

고소를 한 후 일절 접촉도 없었다.

돈을 달라고 하면 차라리 속이라도 편할 텐데 말이다.

"당연히 그럴 테지요. 저들은 과거의 더러운 면을 감추고 싶어서 저러는 겁니다. 피해자와 증인의 입에 재갈을 물리고 싶어서요."

"그건 아는데……."

"만일 여기서 물러서면 다음번은 없습니다. 더 이상 진실을 말할 수도 없을 테고요. 설사 진실을 말한다고 해도, 비슷한 사건 때문에 허위 사실 유포로 인한 명예훼손으로 처벌당한 사람이 나왔는데 과연 그게 그때 가서 먹힐까요?"

"……."

"그리고 돈 생각은 하지 마셔야 하는 게, 상대방은 고영진입니다. 고영진이 버는 돈이 얼마일 것 같습니까? 그와 MKS가 과연 손해배상을 청구하지 않을까요?"

명예훼손에 대한 손해배상 금액은 상대방의 지명도에 따라서 달라진다.

사람들이 거의 모르는 사람이라면 그 금액이 적지만, 잘 알려진 사람이라면 당연히 그 금액도 높아진다.

"고영진은 연예인입니다. 직업 특성상 평판이 중요할 수밖에 없죠. 따라서 이러한 사건은 치명적입니다. 그런데 이게 허위 사실이라고 판결이 나오고 그 후에 손해배상이 청구되면, 얼마나 배상해야 할 것 같습니까? 100만 원? 200만 원? 제가 봐서는 최소한 3천입니다. 어쩌면 1억 이상이 될 수도 있고요."

여자는 부들부들 떨었다.

"저랑 인터뷰할 때는 이런 말씀 안 하셨잖아요!"

"예상하지 못했으니까요. 지금까지 다른 곳에서는 제보자에 대해 이런 공격을 한 적이 없습니다. 설사 하더라도 저에게만 했지요. 하지만 MKS와 고영진은 다급한 모양이더군요."

그러니 이렇게 무리한 고소를 넣은 것이다.

"그러나 이쪽에서 뭉치면 이야기는 달라집니다. 뭉치면 뭉칠수록, 그들은 저항하기 힘들어질 겁니다."

"뭉치면······."

여자는 입술을 깨물었다.

혼자서는 절대로 그들을 이기지 못한다.

그 더러운 남자가 깨끗한 척 청순한 척 하면서 사람들을 속이는 걸 보기 싫어서 한 일이기는 하지만, 그렇다고 해서 이렇게 손해 보고 싶은 생각도 없었다.

"진짜로 뭉치면 이길 수 있나요?"

"네, 이미 여러분들이 뭉치고 계시고요."

여자는 고개를 끄덕거렸다.

"알았어요. 그럼 저도 의뢰할게요."

"그러면 새론으로 연락을 하세요. 이미 기다리고 있는 분들이 계실 겁니다."

성진호는 그녀에게 새론의 전화번호를 넘기며 말했다.

⚖️

그렇게 노형진의 말대로 인터뷰를 했던 사람들과 접촉한 성진호는 바로 다음 계획을 실행했다.

과거 인터뷰를 거절했던 사람들을 찾아간 것이다.

"어허! 인터뷰 안 한다니까!"

그 당시 낙태 수술을 했던 의사는 절대 인터뷰를 하지 않으려고 했다.

할 수가 없다. 애초에 낙태 수술은 불법이니까.

그가 그런 수술을 했다고 인터뷰하는 순간 그는 현행법을 위반한 셈이 되어 처벌을 피할 수가 없게 된다.

　"이건 알려야 하는 진실입니다. 물론 위험부담이 있겠지만, 제가 익명으로 인터뷰를 넣어 드리겠습니다."

　"아니, 안 한다고! 못 해! 가라고!"

　"선생님!"

　"선생님이고 나발이고 안 한다니까!"

　의사가 버럭 소리를 지르자 성진호는 긴 한숨을 쉬었다.

　그리고 바깥으로 나와서 힐끔 시계를 보았다.

　"좋아, 이쯤이면 되겠지?"

　그는 품에서 녹음기를 꺼내서 조작한 다음 다시 품에 잘 갈무리했다.

　그리고 자가용으로 향했다.

　"어디 보자…… 그다음은…… 그 당시의 교장 선생님이군. 또 반대하시려나? 후후후."

　성진호는 그가 반대해도 상관없다는 듯 웃으며 그곳을 떠났다.

⚖

　얼마 후 산부인과 의사는 터무니없는 고소장을 받았다.

　"뭐야, 이거?"

이것이 법이다

허위 사실 유포에 의한 명예훼손 고소장이었다.

당연하게도 고소인은 MKS와 고영진이었다.

"허? 이런 미친놈들을 봤나!"

그는 아무 말도 하지 않았다.

바보도 아니고, 낙태 이야기를 할 리가 없지 않은가?

그런데 고소를 당했다.

"이런 미친 새끼들, 뭐 하자는 거야!"

결국 그는 화가 나서 바로 전화를 걸었다.

하지만 건너편에서 들려온 목소리는 그의 신경을 더욱 건드렸다.

－그러니까 조용히 하셨어야지요. 왜 헛소리를 하고 다니십니까?

"헛소리라니! 무슨 헛소리!"

－기자랑 이야기한 거 다 압니다. 이미 증거도 확보했고요. 헛소리를 했으니 그에 맞는 처벌을 받으셔야지요.

"아니, 뭔 개소리야! 기자랑 아무런 말도 안 했다니까!"

－법정에서 봅시다!

상대방은 매몰차게 전화를 끊었다.

그리고 낙태를 했던 의사는 눈이 돌아갔다.

"이 새끼들이 정말!"

가만있는데 괜히 와서 때리는 사람에게 그냥 맞아 주는 사람은 없다.

당연하게도 그 의사 또한 마냥 당하고만 있을 생각은 없었다.

그는 성진호에게 바로 전화를 걸었다.

"어, 성 기자! 나 지난번에 그 의사인데, 익명으로 해 준다는 말 사실이야?"

그렇게 진실은 조금씩 바깥으로 나오고 있었다.

이것이 법이다

재갈을 물린다고
진실이 가려지지는 않는다

"엄청나게 모였네요."

원래 고소당한 사람들과 노형진이 속임수를 써서 고소당하게 만든 사람이 무려 여든 명에 달했다.

이 정도면 절대 적은 수가 아니다.

"이 정도 사람들이 한꺼번에 같은 죄목으로 고소당했다고 하면, 아무래도 사람들은 MKS와 고영진을 의심할 수밖에 없게 되죠."

"하지만 이만큼 모았어도 이걸 외부에 공표하는 건 쉽지 않을 것 같은데요."

성진호는 꺼림칙한 표정으로 말했다.

"일단 형사로 고소당한 사건이잖습니까?"

고영진은 피해자를 고소를 했다. 그러다 보니 각자 저항하는 데 한계가 있었다.

형사사건은 원래 묶어서 처리하지 않으니까.

"맞습니다. 그걸 알기에 그들은 형사로 고소한 겁니다. 형사사건은 가해자가 다르면 묶어서 처리하지 않으니까요."

당연하게도 그들이 뭉칠 이유도 없다. 뭉쳐 봐야 아무런 실익도 없고 말이다.

"그래서 그들이 민사를 걸지 않은 겁니다. 아무래도 형사적으로 고소당한 분들이 저항하는 것에는 한계가 있지요. 하지만 누군가 중심만 잡아 준다면 고소당한 분들이 민사를 하는 것은 어려운 일이 아니에요."

그리고 그 중심, 즉 그들을 뭉치게 하고 이끌어 주는 사람은 노형진이 될 것이다.

"민사는 집단소송이 가능합니다. 이건 명백하게 민사사건이고요."

그 말에 성진호도 고개를 끄덕거렸다.

"하긴 그놈들이 그런 방법을 썼죠."

"각개격파죠."

아무리 그들이 바른말을 한다고 해도 상대방은 거대 로펌을 끼고 들어온다. 개개인이 싸우는 데에는 한계가 있다.

"그러나 민사로 들어가면 상황은 달라집니다. 결국 피해자가 많아진다는 건 그들이 뭉쳐서 한 건의 민사로 넣을 수 있다는 거지요."

물론 그들은 형사로 고소를 진행 중이고 저쪽의 사건 진행 상황이 훨씬 빠른 것은 사실이다.

"하지만 2심에 들어가서 시간을 끈다면 충분히 해볼 만합니다. 더군다나 민사를 크게 걸어서 이슈화할 수 있다면 아무리 저쪽이 형사를 걸었다고 해도 이슈화된 사건을 쉽게 판단할 수는 없게 되죠. 형사사건은 예민한 사건의 경우, 특히 피해자와 가해자가 애매한 경우에는 상당히 뭉기적거리면서 처벌을 내리는 경우가 많습니다. 다른 사건과 연관되면 더더욱 그렇지요."

"다른 사건요? 다른 사건이라고 할 만한 게 뭐가 있나요? 그리고 형사와 민사를 같이 넣는건가요? 보통은 형사를 먼저 하고 그게 끝나면 민사 하지 않나요?"

아무래도 법률 전문가가 아니다 보니 성진호는 이해가 가지 않는다는 듯 물었다. 어찌 되었건 형사로 결과가 나와야 손해배상을 청구할수 있다고 사람들은 생각하니까.

"아니요. 사실 그럴 필요는 없습니다. 물론 그게 일반적이기는 하죠. 입증 책임 문제에서 그게 더 자유로우니까요."

만일 형사와 민사를 똑같이 시작하거나 민사를 먼저 시작하는 경우 고소를 넣는 사람은 그 사건에서 자신이 손해 본 것을 입증해야 한다.

그렇다 보니 그 싸움이 복잡해지고 길어질 수밖에 없다.

거기에다 형사적 증거도 직접 모아야 하고 말이다.

"하지만 법적으로 본다면 그 둘은 전혀 상관없는 별개의 재판일 뿐입니다."

그러니까 형사판결문이 들어가면 그게 민사에 절대적인 영향력을 발휘하기는 하지만 그게 꼭 필수는 아니라는 거다.

"하지만 변호사들은 보통 그 입증책임을 피하기 위해서 형사를 하고 민사를 추천합니다."

가장 중요한 부분 중 하나를 경찰이 해 주는 셈이니 변호사 입장에서는 일이 편해지니까.

"그런 거였나요? 전 형사가 끝난 후에 민사를 시작해야 하는 줄 알았습니다."

"그건 전혀 상관없습니다. 물론 몇몇 친고죄 기준이기는 하지만요."

비친고죄는 경찰이 인지하는 순간 수사가 들어가니까.

"물론 우리가 입증이 힘든 싸움이라면 그래야 할 겁니다. 하지만 지금 우리에게 중요한 건 입증이나 손해배상금의 규모가 아닌, 이 사건을 이슈화함으로써 사람들에게 알리는 겁니다."

노형진은 씨익 제법 두툼한 종이를 꺼내 들었다.

"아까 말씀드렸다시피 뭉쳐서 민사를 하면 저들에게 위협이 될 겁니다. 하지만 이슈화하기에 민사는 파급력이 좀 약하지요. 형사라면 충분히 이슈화가 됩니다."

이것이법이다

"형사는 개별 사건이라고 하시지 않았습니까?"

그러자 노형진은 들고 있던 서류를 내밀었다.

"네. 저들은 허위 사실 유포로 인한 명예훼손으로 이분들을 고소했습니다. 명백하게 이쪽의 처벌을 목적으로 한 고소이지요."

"그래서요?"

"이런 경우는 무고죄가 가능합니다."

무고죄.

상대방이 무죄임을 알면서도 처벌을 받게 할 목적으로 가짜 신고를 하는 죄를 뜻한다.

"무고죄요?"

"네."

그들은 분명 이게 사실이라는 걸 안다.

그렇지만 입을 막겠다는 목적 하나로 고소를 했다.

아마 이렇게 뭉칠 거라고 예상했다면 고소까지 하지는 않았을 테지만 말이다.

"하지만 이게 무고죄가 될까요?"

중요한 건 상대방의 죄가 성립되지 않는 걸 알고도 신고했다는 부분이다.

어찌 되었건 기자에게 고영진의 일진 행위에 대한 진실과 낙태에 대한 진실을 이야기한 것은 명예훼손이 성립될 여지가 있다.

명예훼손은 허위 사실뿐만 아니라 사실을 알려도 법적인 처벌 대상이 되니까.

"그게 중요한가요? 중요한 건 그들이 여든 명이나 되는 사람들을 동시에 고소했다는 겁니다. 더군다나 저쪽은 민사를 안 걸었지만 이쪽은 동시에 민사를 걸었지요. 즉, 이쪽이 더 법적으로 이길 가능성이 높다는 걸 어필하는 거죠."

그리고 그건 언론에서 알게 되면 무척이나 관심을 가질 만한 정보다.

"연예인들은 구설수에 오르는 걸 무척이나 두려워합니다. 그래서 고소를 해 가면서 입을 막으려고 한 거지요. 하지만 이렇게 하면 구설수에 안 오를 수가 없지요. 백 단위가 넘는 숫자로 무고죄 고소를 당한 연예인을 기자들이 두고 볼 리가 없으니까요."

아마 어떤 광고처럼 언론이 달려들어서 씹고 뜯고 맛보고 즐길 것이다.

그럴수록 그들은 만신창이가 될 테고 말이다.

당연히 정당성은 이쪽으로 넘어온다.

"이걸 기자회견으로 알리지요, 후후후."

"이거 어떻게 해요? 사장님! 사장님!"

고영진은 너무 흥분해서 손이 벌벌 떨렸다.

그럴 수밖에 없는 게, 신문에 난 뉴스는 자신의 치부를 정확하게 저격하고 있었으니까.

MKS와 고영진, 허위 사실 유포로 인한 명예훼손으로 무려 여든 명이나 고소해

고소당한 사람들, MKS와 고영진을 무고죄로 고소한 것으로 알려져

고영진의 진실. MKS와 고영진이 무차별적으로 고소한 이유가 무엇인가?

그가 고소한 사람들, 그의 고등학교 시절 인맥에 집중되어 있어

"이게 어떻게 된 거야?"

기자들에게 충분한 돈을 주고 사건을 덮으라고 이야기를 해 놨다.

그래서 이런 건 전혀 생각하지도 못했다.

물론 이 사건 자체는 그들이 감추려고 했던 진실과는 좀 거리가 있다.

하지만 간접적으로 그들에게 불리한 정보가 가득했다.

"이거 어떻게 해요, 사장님!"

"가만히 좀 있어 봐!"

최양렬은 머리가 지끈거렸다.

지금까지 이런 사건은 흔하게 터졌고, 그때마다 잘 덮어 왔다고 생각했다.

　실제로 보통 이런 사건들은 전화 몇 번에 돈 몇 번 보내면 어렵지 않게 해결되곤 했으니까.

　'젠장, 어디서부터 잘못된 거지?'

　하지만 이번 사건은 도무지 해결할 방법이 보이지 않았다.

　지금까지 수많은 사람들을 명예훼손으로 고소하면서 입을 막았다. 그래서 한때 일진을 했던 사람도, 사기를 쳤던 사람도 잘 무마해서 성공시켰다.

　사실 스타들을 데리고 일을 하다 보면 과거의 추문이 안 나오는 경우가 드물다.

　애초에 추문이 없는 애들은 도리어 최양렬이 믿지도 않았고.

　그는 '얼굴값 한다.'라는 말의 신봉자이다.

　그 정도 얼굴로 조용하게 살았다면 '끼'가 없는 거라고 생각하는 것이다.

　그래서 그는 도리어 그런 사람들을 더 골랐다.

　끼가 있어야 살아남는다고 생각했으니까.

　불행히도 그가 착각한 것은, 끼가 있는 것과 삶이 개판인 것은 전혀 다르다는 걸 인식하지 못했다는 점이다.

　"사장님! 빨리 좀 어떻게 해 봐요!"

　"제발 입 좀 닥치고 있어 봐! 나도 알아보고 있잖아!"

　그는 소리를 버럭 지르고는 어디론가 전화를 걸었다.

"김 기자, 이거 어떻게 된 거야?"

김 기자는 그가 관리하던 기자였다.

사실 이런 사건은 관리하던 언론사에서 적당히 커트했어야 했다.

그런데 이번에는 이상하게도 커트가 되지 않았다.

그렇다 보니 일이 걷잡을 수 없이 커지기 시작한 것이다.

—그게, 사주가 끼었습니다.

"사주? 뭔 사주? 사주를 보고 까기라도 한 거야?"

—그게 아닙니다. 우리 회사 사주 말입니다.

최양렬은 소름이 돋았다.

"그게 무슨 소리야? 사주라니?"

김 기자가 일하는 곳은 코리아 타임라인이다.

그리고 그곳은 미국 타임라인의 한국 지사 같은 곳이다.

노형진이 만든 곳이기는 하지만, 그들과 손잡고 만들었기 때문에 그렇게 알려져 있었다.

당연히 사주는 미국의 언론 재벌인 딕슨이다.

"그 인간이 왜 갑자기 튀어나와!"

—그게, 이번 사건에 관련해서 회사를 폐업 처리하고 새로 기자를 뽑겠답니다.

"뭐?"

황당하다 못해 어이가 없는 말이었다.

언론사를 만드는 데 들어가는 돈이 한두 푼도 아닌데 회사를 폐업 처리하고 새로 만들겠다니?

"지금 장난해?"

─장난이 아닙니다. 지금 사주인 딕슨이 보낸 실사 팀이
온 회사를 뒤집고 있습니다.

"이런 미친⋯⋯."

모두가 입을 다물고 있으면 모를까, 한 명이 입을 열기 시
작하면 그걸 계기로 다른 사람들도 입을 열게 된다.

더군다나 이번 건은 진짜 큰 건이다.

그동안 받아 처먹은 게 있어서 다른 곳은 입을 다물고 있
었을지 모르나, 이미 공개된 이상 의미가 없다는 정당한 핑
계가 생기는 순간 상황은 빠르게 전달하는 속보 전쟁으로 변
하기 마련이다.

"이게 어떻게 된 거야!"

─저기, 제가 지금 너무 급해서 그러는데 나중에 다시 전
화하겠습니다.

"야! 김 기자! 김 기자!"

최양렬은 애타게 김 기자를 불렀지만 전화기 너머에서는
'뚜' 하는 소리만이 울려 퍼질 뿐이었다.

"하여간 인간들은 바보예요, 바보."

노형진은 혀를 끌끌 찼다.

그가 돈을 투자하고 딕슨의 이름을 빌려서 만든 코리아 타임라인이다.

그가 기자들에게 기사를 자유롭게 쓰게 하겠다고 기사에 터치하지 않겠다고 이야기하기는 했지만, 그렇다고 해서 사후에 문제 삼지 않는다고도 하지 않았다.

"투자자로서 저희는 어쩔 수가 없습니다."

"어쩔 수 없다니요? 아니, 변호사님⋯⋯."

기자들은 당황해서 어쩔 줄 몰라 했다.

자신들의 기사가 점검당하리라는 것은 전혀 예상하지 못했던 일이니까.

"기사를 쓰는 데 어떠한 제한도 없다고 하지 않았습니까?"

"그래서, 지금까지 기사를 쓰는 데에 어떠한 제한이 있었던가요?"

"그건⋯⋯."

말을 하려고 하던 기자 몇몇이 입을 다물었다.

실제로 기사를 쓰는 것에 대한 어떠한 제한도 없었다.

가이드라인도 없었고, 쓰지 말라거나 쓰라는 말도 없었다.

오로지 자율에 맡겼다.

"하지만 그 책임도 묻지 않는다고 한 적은 없는데요?"

노형진은 그렇게 말하면서 기사를 살펴보았다.

그리고 코웃음을 쳤다.

"남의 기사를 베껴 쓰는 우라까이는 그렇다고 칩시다. 네, 뭐 흔하게 있는 일이니까 그냥 넘어가자고요. 그런데 아주 대놓고 한 명만 편들어 주거나 특정 세력만 편들어 주거나 자료를 곡해하거나 자료를 감추거나⋯⋯."

그런 건이 한두 개가 아니다.

노형진은 그걸 보다가 혀를 끌끌 찼다.

"기사를 쓰는 걸 자율에 맡기겠다고 했지 소설을 쓰는 걸 놔두겠다고는 하지 않았습니다. 기사와 소설의 차이, 모르시나 보죠? 우리 회사가 보호하는 건 기자이지 소설가가 아닙니다."

노형진이 원한 건 진실이다.

그게 그를 아프게 한다 해도, 일단은 그게 진실이라면 넘어가려고 했다.

하지만 예상대로 특정 세력이 권력을 잡고 나서는 변질이 시작되었다.

"저희가 뭘 잘못했다고요!"

"모르면 모르는 대로 나가시면 됩니다."

노형진은 코웃음을 쳤다.

"코리아 타임라인은 폐쇄될 테니까요."

"아⋯⋯ 안 됩니다!"

노형진이 코리아 타임라인을 만든 것은 이미 기득권이 되어 버린 언론에 대한 견제 목적에서였다.

당연히 처음에는 기존 기자들에 대한 취재를 집중적으로 했다.

그래서 지금은 사방에 적이 넘친다.

다른 곳에서 기자 생활을 하자니 당연히 안 받아 줄 텐데, 기자라는 실드가 사라지면 그들을 공격할 사람들은 넘쳐 난다.

"그러니까 애초에 장난을 치지 말았어야지요."

요 근래에 코리아 타임라인은 노형진의 말을 잘 따르지 않았다. 애초에 그런 건 바라지도 않았지만 말이다.

하지만 그들은 힘을 가지고 나서부터 돈에 시선을 돌렸다.

다른 언론사들은 사주가 그 돈을 가지고 가지만 노형진은 그러지 않았다.

그러자 그 돈이 일부 세력에게 흘러가기 시작했고, 결국 그게 치명적인 타락의 이유가 된 것이다.

'이거야 원, 다른 방법을 찾아보든가 해야겠어.'

물론 진짜로 코리아 타임라인을 없앨 이유는 없다.

그 자산을 정리하는 건 문제가 안 되지만 그 지명도와 그 지지 세력과 그 독자들을 다시 모으는 건 쉽지 않으니까.

'하지만 이쪽에서 극단적인 모습을 보이면 내부가 분열하기 마련이지.'

그리고 주류라 불리는 기존 세력이 급격하게 힘을 잃게 될 게 뻔하다.

당연히 비주류, 그러니까 원래대로 운영하고자 하는 쪽이 힘을 얻게 될 테니 그때 그들과 협상을 해서 싹 뒤집으면 그만이다.

"다음 달까지 사직서 가지고 오세요. 가지고 오지 않으시는 분은 고발까지 진행하겠습니다."

노형진의 말에 기자들의 벌어진 입은 다물릴 줄을 몰랐다.

사람이라는 존재에게는 결국 먹고사는 게 가장 큰 문제다.

기자라고 목에 힘주고 다닐 수는 있을지도 모르지만 결국 직장인.

사주가 해직도 아니고 회사를 폐업 처리하겠다는 극단적 결정을 내리면 직원인 기자들이 할 수 있는 건 없다.

"더군다나 다른 자들과 척진 상황이라면 더더욱 그렇지요."

노형진이 웃으며 말하자 성진호는 묘한 표정이 되었다.

"투자자라는 말씀은 안 하셨잖습니까?"

"투자를 한 게 뭐 대수인가요? 중요한 건 그곳이 제 의사와 다르게 굴러갔다는 거지요."

"그건 그렇지요."

코리아 타임라인의 기자들은 노형진의 예상대로 파벌을 나눠서 싸우기 시작했다.

그리고 소위 비주류라 불리는 존재들이 회사의 파멸을 막

기 위해 주류라 불리는 자들의 비리를 들고 와서 협상을 시
도하면서, 노형진은 어렵지 않게 주류라고 불리는 자들의 약
점을 잡을 수 있었다.

"일단 코리아 타임라인 쪽은 우리 통제하에 들어왔으니 이
제 기사가 막히는 것은 걱정하지 않으셔도 됩니다."

"그래도 여전히 MKS와 고영진이 문제입니다."

그들의 실력은 어디 가지 않는다.

처음에 우라까이를 하던 언론사들도 제대로 관리가 들어
가자 점점 입을 다물더니, 사건 자체를 성진호의 무리한 조
사와 조작으로 몰고 가기 시작했다.

"증인이 여든 명이나 되는데도 그에 대해서는 전혀 이야기
를 하지 않고 있네요."

질렸다는 듯 고개를 절레절레 흔드는 성진호.

"이렇게 나오면 이쪽도 극단적으로 나가는 수밖에 없지요."

"극단적으로요?"

"자기 스스로 증인석에서 입을 나불거리게 해야지요."

"네? 그게 가능합니까?"

성진호는 깜짝 놀랐다.

그가 나서서 좋은 말로 설득할 때 그들은 일말의 반성도
사과도 없었다.

심지어 그가 한 모든 말을 부정하고 그와 증인들을 고소했다.

그런데 어떻게 그들의 입으로 모든 죄를 다 불게 만든단

말인가?

"이건 고소를 해도 어떻게 할 수 있는 사건이 아니라고요."

고소는 결국 사건의 피해자가 하는 것이다.

그는 기자로서 진실을 알릴 수야 있겠지만 당사자가 아니기에 고소 권한이 없고, 고소가 없다면 그들을 증인석으로 올릴 수도 없다.

"걱정하지 마세요. 제가 저들 스스로 올라갈 수밖에 없게 만들 테니까요."

"하지만 어떻게 말입니까? 스스로 올라간다는 건 결국 스스로를 고소한다는 거나 마찬가지인데요."

노형진은 고개를 끄덕거렸다.

그들의 행동 패턴에 대해서는 충분히 알고 있다.

그러니 그들이 움직이는 방향을 통제하는 것은 어려운 일이 아니었다.

"증인 중에서 가장 확실한 증인이 빠져 있지 않습니까?"

"누구요?"

"모든 사건에는 원인과 결과가 있지요. 동정녀 마리아가 아닌 이상에야 혼자서 애를 임신할 수는 없는 노릇이지요."

"아!"

고영진은 분명 여자아이를 임신시켜서 낙태시킨 일이 있다.

하지만 그걸 입증할 수 있는 건 일부의 증언뿐이다.

"그 당시에 고등학생이었다면서요? 그러면 그 돈이 어디서 났겠습니까?"

불법인 만큼 낙태 수술은 무척이나 비싸다.

당연하게도 일반적으로 학생들이, 그것도 고등학생이 낼 수 있는 돈은 아니다.

실제로도 고영진의 부모가 같이 가서 낙태 수술을 했다고 했다.

"부모님이겠지요."

"맞습니다. 보통은 그렇지요. 하지만 이런 사건들을 보면 보통은 남자 측 부모가 돈을 냅니다."

그리고 그걸로 퉁친다.

"하지만 그 충격은 어디 가는 게 아니지요. 피해자들을 추적해 보신 적 있으신가요?"

"그건…… 없습니다."

성진호는 고개를 흔들었다.

"전에도 말씀드렸지만 이 사건이 드러나서 여자들의 신분을 캐는 기자가 생기면 그녀들의 인생은 나락으로 떨어질 수밖에 없습니다. 그래서 고의적으로 모른 척했습니다. 애초에 주요 범죄 내역은 학교 폭력으로 인한 자살이었으니까요."

"그러면 그 피해자들을 이제라도 찾아봐야지요."

"하지만 괜찮을까요?"

"이런 말이 있지요, 후회는 아무리 빨라도 늦다고. 낙태의 문제는 신체적인 부분에만 국한되는 것이 아닙니다. 정신적인 부분도 있지요. 그 부분에 대해 법률적으로 손해배상을 청구할 수 있습니다."

"하지만 손해배상의 공소시효는 지났는데요."

"공소시효가 아니라 청구권 소멸 기한이 맞는 말이지요."

손해배상의 청구 기한은 그 사실을 안 날로부터 3년이다.

시기로 보면 벌써 오래전에 끝났다.

"압니다. 하지만 도의적 책임이라는 부분이 있지요. 청구 기한이 지났지만 그녀들이 입은 피해에 대해 도의적인 책임을 지도록 하면 됩니다."

"과연 될는지……."

"일단 피해자들을 만나 봐야지요."

노형진은 어깨를 으쓱하며 말했다.

"결국 이런 부분은 심각한 문제를 야기할 수밖에 없으니까요."

⚖️

결국 성진호는 피해자들을 찾아 나섰다.

가능하면 그들을 건드리지 않으려고 했지만, 노형진이 그들에게도 도움이 필요할 거라고 설득한 덕분이었다.

그리고 실제로 추적했을 때, 성진호는 생각보다 큰 충격을 받을 수밖에 없었다.

"정신과 치료를 받고 있다고요?"

"네, 그날 이후로. 후우."

피해자의 아버지는 긴 한숨과 함께 허공으로 담배 연기를 날렸다.

"아이가 충격이 컸나 봅니다. 그 사건 이후에 심각한 우울증으로 인해 세 번이나 자살 시도를 했습니다."

"저희 아이도 마찬가지예요. 저희 아이는 남성 혐오증에 걸려서 남자가 근처에만 와도 비명을 질러요. 애아빠도 접근을 못 해요."

"두 분은 그래도 나으신 겁니다. 제 아이는 수녀원에 들어갔어요."

최소한 세 명은 딸이 살아 있기라도 하지만, 한 명은 사건 이후에 3년쯤 있다가 결국 자살을 선택했다.

"으음……."

성진호는 곤혹스러운 표정이 되었다.

그럴 수밖에 없는 게, 피해 상황이 너무나 안 좋았기 때문이다.

"이제 와서 뭐라고 할 수도 없고……."

그들도 고영진이 잘나가는 게 기분 나빴다.

하지만 이제 와서 어쩌겠는가?

"지금이라도 치료비를 달라고 해 보시죠."

"지금요? 10년이나 되었는데요?"

"설사 말한다고 해도 그놈들이 주겠습니까? 그 망할 인간들, 아직도 기억합니다. 돈 먹고 떨어지라고 병원비를 집어 던지더군요."

고영진의 부모들은 정상적인 인간이 아니었다.

오로지 돈으로 모든 걸 지배하며 그런 행동에 아주 능숙한 인간들이었다.

"흠……."

성진호는 잠깐 고민했다.

"만일 복수할 방법이 있다면 어떻게 하시겠습니까?"

"복수할 방법이요?"

"네. 그의 악행에 대해 알릴 수 있는 방법 말입니다."

한 남자가 고개를 흔들었다.

"소용없습니다. 이미 여러 번 해 봤어요."

너무 억울해서, 반성도 안 하고 낄낄거리면서 학창 시절 이야기를 하는 고영진이 너무 미워서 기자들에게 연락도 해 봤다. 하지만 누구도 기사화시켜 주지 않았다.

'뻔하군.'

그 정보를 받은 기자들은 터트리는 대신에 MKS로 가서 두둑하게 지갑을 채워 나왔을 것이다.

기자회견? 그런 게 가능할 리가 없다.

실제로 일진이라거나 과거에 나쁜 짓을 했던 연예인들의 피해자들은 그걸 알리기 위해 인터넷에 글을 올리거나 기자들에게 이야기를 하기도 한다.

하지만 대부분의 경우 묻혀 버린다.

"이번에도 마찬가지일 겁니다."

"이런 말씀 드리기는 죄송합니다만, 기자님도 이미 막히셨잖습니까?"

만나자는 이야기에 그들은 성진호의 기사를 찾아봤다.

그리고 그 역시 MKS의 힘에 밀려서 글 쓰는 게 막혔다는 걸 알고 있었다.

"사실은 방법이 있습니다."

"방법이 있다고요?"

"네. 변호사님이 나서 주신다고 하더군요."

피해자의 가족들은 고개를 들었다.

사실 고영진 그 미친 새끼가 최소한 방송에라도 안 나왔으면 좋겠다 싶은 심정이었다.

그 인간이 방송에 나올 때마다 딸들은 경기를 일으키니까.

"진짜 방법이 있다면 저희는 하겠습니다."

"저도 하겠습니다."

가족들이 고개를 끄덕거리자 성진호는 전화번호 하나를 내밀었다.

"여기로 전화를 하시면 도움을 주실 겁니다. 노형진 변호사라는 분입니다."

그렇게 반격의 서막이 열렸다.

"이게 사실이야?"

MKS의 최양렬 사장은 손이 부들부들 떨렸다.

아무리 막장이라고 해도, 사실 일진이라고 해도 그냥 넘어갔다.

일진이라는 것 자체가 나쁜 것이기는 하지만 어찌 되었건 잘못된 교육의 문제라고 몰아가며 무마할 수 있다고 생각했기 때문이다.

하지만 낙태는 아니었다.

그것도 한 번도 아니고 네 번이나.

거기에다 그중 일부는 미성년자였다.

아무리 그 당시 고영진도 미성년자였다지만, 미성년자를 임신시켰다고 하면 이건 아무리 그라 해도 무마할 수 있는 수준이 아니었다.

마냥 실수라고 변명할 수 있는 일이 아닌 것이다.

"이게 사실이냐고!"

고영진은 아무런 말도 못 하고 고개를 푹 숙였다.

"이런 건 이야기 안 했잖아! 미쳤어? 미쳤냐고!"

"그게 벌써 몇 년 전 이야기인데요……."

"몇 년 전? 몇 년 전? 네가 예순이냐, 일흔이냐? 고작 10년이야! 10년!"

더군다나 상대방은 적지 않은 돈을 요구하고 나왔다.

합의금은 무려 10억. 말도 안 되는 개소리다.

하지만 이걸 공개하면? 10억이 문제가 아니게 된다.

"이거 협박 아니에요? 협박이잖아요!"

"협박이면? 어쩔 건데? 어? 이거 터트리면 어떻게 될 것 같은데! 너 뒷감당할 자신 있어? 자신 있느냐고!"

"내가 왜 뒷감당을 해요? 말도 안 되는 소리예요! 좋아서 즐긴 건 그 애들인데……."

"씨발, 미친 새끼야! 그게 말이 된다고 생각하냐!"

"어차피 합의하에 한 건데……."

"누가 몰라서 물어!"

얼굴이 반반하고 여자를 꼬시는 데 도가 텄으니 어려운 일은 아니었을 것이다.

하지만 좋아서 즐겼다? 그것도 잘나가는 연예인이?

좋다, 그것까지는 어떻게든 무마할 수 있다 치자.

하지만 그 여자들을 낙태하도록 몰아갔다?

아무리 어릴 때 일이라고 하지만 이게 밝혀지면 인생 끝장 나는 거다.

더군다나 그 당시는 마냥 어린 것도 아니었다.

미성년자일 뿐, 고등학생이었으니까.

"실수로 몰아가요. 어려서 실수 한번 할 수 있는 거니까."

"실수 한번? 이 미친 새끼야! 이걸 어떻게 실수 한번으로 몰아가? 네 번이라면서?"

"그건 그런데, 아, 씨발! 그때는 미성년자라 뭘 해도 처벌 안 받는 줄 알았는데."

"아오, 이런 미친 새끼! 이런 게 있으면 미리 이야기했어야 할 거 아냐!"

"이런 게 있는 줄 알았으면 사장님이 절 데뷔나 시켜 줬겠어요?"

"그건……."

맞는 말이다.

아무리 재능만 있고 돈만 된다면 인성은 상관없다는 그이지만, 낙태에 관한 건 너무 위험한 일이었다.

터지는 순간 연예인의 생활은 물론 소속사까지 타격을 크게 입을 수밖에 없는 건수다.

"어떻게 해요? 우리가 10억을 줘야 해요? 그냥 있을 수는 없잖아요."

"미친 개소리 하지 마!"

처음에야 10억이지, 나중에는 더 많이 달라고 할 게 뻔하다.

협박을 하는 놈들은 절대로 한 번 돈을 받는 걸로 끝내지 않는다.

돈이 떨어지면 다시 똑같이 협박을 한다.

그리고 그 금액은 점점 더 늘어나기만 할 뿐이다.

더군다나 저들은 협박을 한 게 아니라 협상을 걸어왔다.

협상이 깨지면 고소로 넘어갈 수밖에 없다며 말이다.

고소에 들어가면, 아무리 최양렬이 돈을 쓴다고 해도 이건 터질 수밖에 없다.

한 건도 아니고 무려 네 건이라니.

"이대로 그냥 넘어갈 수는 없어."

"그러면 어쩌려고요?"

"어쩌긴! 당연히 해결을 해야지!"

"무슨 수로요?"

"없는 걸로 만들면 되는 거야."

최양렬의 눈은 벌겋게 변했다.

아무리 생각해도 이건 그냥 넘어갈 수 있는 상황이 아니었다.

"도대체 어떻게 하시려고요?"

"낙태 건을 감출 수 없다면 선빵을 쳐야지. 협박으로 몰고 가자."

"네? 협박요?"

"벌써 10년 전 일이야. 그때 무슨 일이 있었는지 실제로 증명할 방법은 없어. 잘나가는 남자한테 엉겨 붙어서 돈 뜯어내려고 하는 여자가 한두 명인 줄 알아? 그 새끼들이 언론에 먼저 공개하면 문제가 되겠지만 아직 안 했으니까, 우리가 먼저 이런 협박을 당하고 있다고 선빵 치자. 그러면 우리가 무마할 수 있어."

"그게 가능하시겠어요?"

"가능하게 해야지. 일단 우리가 먼저 공개하고 선빵 치면 여론은 이쪽으로 쏠릴 거야. 그때 적당히 기름 치고 구워삶아서 넘겨 버리자."

최양렬은 이를 빠드득 갈았다.

"아오, 이 망할 새끼. 너 이거 말고 또 있어?"

"없어요."

"확실해?"

"아마도?"

"야, 이 씨발······."

최양렬은 이를 갈면서도 어쩔 수 없이 전화기를 들었다.

"어, 김 실장. 난데, 이번에 작업 하나 쳐야겠다."

⚖

얼마 후 MKS와 고영진은 난데없는 기자회견을 했다.

—저희는 얼마 전부터 익명의 사람들에게 협박을 받고 있습니다. 그들은 고영진과 교제를 했으며 그 과정에서 낙태를 했다고 주장하며 저희들에게 10억을 요구했습니다. 하지만 확인 결과 고영진은 고등학교 시절 그들과 알고 지내기는 했지만 밀접한 관계는 가지지 않은 것으로 드러났습니다. 저희는 이러한 협박으로 인해 고영진 씨가 고통받지 않기를 바라며 사회적인 안전을 위해 그들을 협박죄로 고

소하기로 했습니다.

노형진은 그 뉴스를 보면서 혀를 끌끌 찼다.

"어떻게 아신 겁니까? 협박으로 나올 줄은 몰랐는데요."

"저들의 방식을 보면 알죠. 저들은 지금까지 무차별적인 고소로 상대방의 입을 다물게 했지요. 사실 이번 사건에 관해서 그 방법 말고는 달리 어쩔 도리가 없었을 겁니다. 사회적으로 피해자들에게 여론이 쏠리는 건 당연한 현상이거든요."

"피해자들에게요?"

"네. 만일 우리가 먼저 공개했다면 어떻게 되었을까요?"

당연히 이쪽 여성들이 불쌍하게 보이며 고영진은 졸지에 사회적으로 매장당할 것이다.

"그러면 우리가 먼저 공개했어야 하지 않나요?"

"그러면 좋기야 했겠지요."

하지만 그러기에는 두 가지 문제가 있다.

일단 최양렬 사장과 MKS의 힘이 생각보다 강하다는 것.

"다른 사건들과 마찬가지로 충분히 덮을 수 있을 테니까요."

다른 하나는 바로 피해자들의 신상 정보 유출 가능성이다.

"이런 건 고소를 할 수도 없습니다. 사람들에게 알리기 위해서는 결국 피해자들이 전면에 나서야 합니다. 사람들은 모습을 감춘 채로 피해를 당했다고 주장하는 사람들의 말은 잘 안 믿으니까요. 하물며 10년 전 일입니다. 그때 일을 증명할 방법은 없지요. 그래서 만일 복수를 위해 신상을 까고 기자 회견이라도 하면, 피해자들 인생은 어떻게 되겠습니까?"

"아……."

아마도 최소한의 예의라고는 없는 기레기들이 몰려와서 그녀들의 인생을 박살 낼 것이다.

"그리고 MKS와 최양렬은 당연히 피해자들을 사기꾼으로 몰아갈 겁니다. 그리고 그들의 힘이면 결국 언론을 통제해서 고영진이 피해자인 것처럼 꾸밀 수 있지요."

노형진은 그걸 알기에 고의적으로 반쯤 협박으로 보이는 서류를 보낸 것이다.

"이렇게 하면 최양렬과 고영진이 먼저 선빵을 칠 테니까요."

당연하게도 그 과정에서 피해자들의 신상이 드러날 일은 없다.

"저들도 피해자들의 신상은 까지 못할 테니까요."

그랬다가는 이쪽에서도 막장으로 나갈 테니까.

"고양이도 쥐는 도망갈 구석을 두고 몰아간다 이거군요."

"네, 맞습니다."

어찌 되었건 이렇게 됨으로써 새론과 노형진이 전면에 나서게 되었고, 피해자들의 신상이 외부로 나갈 가능성은 없어졌다.

"하지만 그러면 문제가 해결될까요?"

"문제 해결은 이제부터 해야지요. 도발할 테니까요."

"도발?"

"네. 제가 왜 굳이 전면에 나서겠습니까? 원래 탱커가 하는 일이 어그로 끄는 겁니다, 후후후."

"이번 사태에, MKS와 고영진 씨의 행동에 대해 심각한 우려를 표명하는 바입니다. 저희 새론은 피해자들의 심각한 정신적 불안정 상태가 우려되어 그 가해자였던 고영진 씨에게 도의적인 책임을 부탁드린 것입니다."

노형진은 종이 한 장을 내밀며 흔들었다.

"이 서류는 저희가 MKS와 고영진 씨에게 보낸 내용증명입니다. 주요 내용은, 그 당시 일에 관하여 이야기를 하며 해당 피해자들이 고통받고 있으니 도의적인 입장에서 정신적 치료비의 지원을 도와줄 수 있느냐는 것입니다. 서류의 어떠한 부분에서도 그걸 주지 않을 경우 사실을 공개하겠다는 내용은 없습니다."

노형진은 내용증명을 보낼 때 살짝 장난을 쳤다.

MKS 같은 곳은 돈을 달라는 부탁을 무조건 협박으로 본다.

그건 일반적인 사람들의 입장이다.

하지만 노형진이 보낸 내용증명은 협박으로 보기 애매하다.

과거 그의 잘못에 대해 공개하기 전에 돈을 달라고 한다면, 그건 명백하게 협박이다.

하지만 내용증명에는 그 당시 피해를 입은 여성이 고통받고 있으니 도움을 바란다는 말뿐이다.

"심지어 해당 내용증명에는 거절한다고 하더라도 해당 사항을 외부로 유출하지는 않겠다는 등의, 설혹 요청을 거절한다 해도 어떠한 불이익도 없을 것이며 그저 도의적인 도움을 바란다는 말이 명백하게 적혀 있지요."

협박의 기본 조건은 상대방에게 불이익으로 위협하고 특정한 이득을 얻어 내는 것이다.

'이게 말장난이라는 거지.'

그 협박이라는 게 굳이 명시적일 필요는 없다.

가령 조직의 비밀을 알고 감옥에 가 있는 사람에게 변호사를 보내서 당신의 가족은 잘 보호받고 있다고 말하는 것도 상황에 따라서는 협박이 될 수 있다.

명시적인 불이익의 고지가 없다고 해도 그 사람이 위협을 느꼈으면 협박이 될 수 있으니까.

'하지만 어떠한 불이익도 주지 않겠다고 이미 대놓고 고지했으니까.'

불이익, 즉 내용증명을 공개하거나 사실을 알리려고 시도하거나 찾아가는 등의 행위를 전혀 하지 않겠다, 하지만 도의적인 도움을 바랄 뿐이라는 말, 그 말이 문제였다.

'과연 이걸 협박으로 받아들일까의 문제.'

여기서 문제가 생긴다.

고영진의 말대로 과거에 어떠한 문제도 없었다면 이건 협박이 될 수가 없다.

왜냐? 이쪽도 켕기는 것이 없고 저쪽도 협박을 할 생각이 없으니까.

그냥 거절하면 그만이다.

'하지만 진짜 낙태를 시킨 거라면 상황은 달라지지.'

도둑놈이 제 발 저린다는 말이 있다.

과거의 잘못이 있으니까 피해자 측에서 웃으며 다가와도 저쪽은 위협으로 받아들이는 것이다.

'그리고 이 경우는 일단 재판에서 애매해지지.'

이쪽은 위협의 의사가 전혀 없다고 했는데 저쪽에서 협박으로 받아들이는 경우는 협박죄가 성립되지 않는다.

'애초에 지레 켕겨서 움찔한 순간부터 너희들은 함정에 빠진 거야.'

노형진은 속으로 웃으며 계속 기자회견을 이어 갔다.

"저희는 의뢰인들에게서 부탁을 받아 내용증명을 발송했을 뿐입니다. 만일 저희 의뢰인들이 부정하게 저희들에게 발송을 요청한 것이라면, MKS와 고영진은 그런 사실이 없다고 고지하고 무시하면 그만입니다. 그런데 왜 굳이 기자회견을 통해 협박을 당하고 있다고 알렸을까요? 더군다나 MKS와 고영진 씨는 그렇게 협박을 당했다고 주장하며 기자회견을 했지만, 정작 그와 관련된 고소는 일절 진행하지 않고 있습니다. 상식적으로 기자회견을 할 정도의 범죄의 피해자라면 고소를 하는 것이 정상이 아닐까요? 이에 저희는 진실을 찾기 위해서라도 MKS와 고영진 씨가 고소를 진행해 주셨으면 합니다."

지금 상황은 딱 그거였다.

'꼬우면 고소해라, 어디 끝까지 가 보자.'라는 상황.

만일 MKS가 여기서 물러나면 정말로 뭔가 켕기는 거고, 만일 고소를 진행하면 결판은 경찰과 검찰에서 진행된다.

"저희는 언제든 고소를 기다리고 있겠습니다."

노형진의 말에 누군가 손을 번쩍 들었다.

"그럼 강간으로 이쪽에서 고소하면 되는 일 아닌가요?"

"애초에 강간의 공소시효는 벌써 지났습니다. 그 당시 고영진 씨는 미성년자였고요. 더군다나 정확하게 말씀드리지만, 그 당시의 관계는 쌍방의 합의에 의한 것이었습니다. 제가 언제 강간으로 인한 사건이라고 말씀드린 적 있던가요?"

"하지만 이 문제에 대해 공개 안 한다고 하셨으면서 지금 공개하셨잖습니까?"

노형진은 피식 웃으며 그 기자를 바라봤다.

안 봐도 뻔하다. MKS에서 관리받고 있는 기자일 수밖에 없다.

"저희가 공개했나요?"

"네?"

"그러니까 저희가 공개한 적은 없습니다만. 이걸 먼저 공개한 것은 MKS와 고영진 씨입니다. 저희가 먼저 기자회견을 했나요? 도리어 그쪽에서 기자회견을 하고 저희 쪽을 모욕하지 않았나요?"

"하지만 10억이나 요구한 건 충분히 협박으로 보이는데요."

"관련된 여성은 네 명입니다. 그중 한 명은 자살을 했고요. 지난 10년간 정신과 치료비가 얼마나 들었으리라고 생각하십니까? 저희는 최저치로 계산한 금액만 요구한 겁니다. 한 명당 2억 5천이지요. 기자님은 그 정도 금액이 10년간의 정신과 치료비로 많다고 생각하십니까? 아직 그분들은 살아갈 날들이 더 많은데요."

"그건……."

기자는 눈을 데굴데굴 굴렸다.

이 문제에 대해 먼저 언급한 것은 확실히 MKS였으니까.

"그러니까 고소를 기다립니다. 진실은 경찰에서 밝혀질 겁니다."

고소를 기다립니다

"이런 미친 새끼들."

최양렬은 정신이 아득해졌다.

일단 협박으로 몰아가며 여론전을 하려고 했다.

그런 경우 대부분은 겁을 먹고 꼬리를 말거나 기자회견으로 징징거린다.

전자라면 자기들이 유리해지고, 기자회견을 하면 이미 협박당하고 있다고 한 상황이기에 그 신빙성은 적어질 수밖에 없다.

그러니 그때 적당히 기름 치면 여론을 이쪽에 유리하게 뒤집을 수 있다.

"고소하라고?"

그런데 저쪽은 생각도 못 하게, 진실을 밝히고 싶으니 꼭 고소하라고 나와 버렸다.

"이거 어떻게 하죠, 사장님?"

"고소할까요?"

"해야지. 고소를 안 할 수가 없잖아!"

고소를 하지 않으면 이쪽에서 켕기는 게 있다는 의미가 되어 버린다.

하지만 고소를 하자니 실제로 이쪽에서 켕기는 게 있다.

"으음……."

"사장님, 어떤 게 진실입니까?"

어떤 직원의 말에 최양렬은 눈을 부라렸다.

"그게 중요해?"

"아니, 그건 아닌데요……."

최양렬의 눈빛에 그는 꼬리를 말았다.

사실 더 궁금하지도 않았다.

최양렬의 반응이 어떤 게 진실인지 알려 주고 있었으니까.

"중요한 건 이걸 어떻게 덮느냐는 거야. 어떻게 생각해?"

"사실 선택지가 없지 않습니까? 여기서 물러나면 사람들은 뻔하게 우리가 켕기는 게 있다고 생각할 겁니다."

"그렇지?"

"그리고 벌써 10년 전 사건입니다."

벌써 10년 전 사건이다.

그걸 증명할 수 있는 어떠한 방법도 없다.

"어쩔 수 없지. 고소 진행해."

최양렬은 고개를 끄덕거리며 말했다.

"누가 이기는지, 끝까지 가 보자고."

결국 진행된 고소.

그리고 노형진은 그걸 보면서 혀를 끌끌 찼다.

"이 새끼들은 금붕어 대가리인가?"

"금붕어 대가리요?"

"네. 이걸 이길 수 있을 거라 생각하고 고소를 넣은 걸까요?"

"하지만 불리하다고 하지 않았습니까?"

"불리하기는 하지요."

10년 전 사건이다.

사실 그 정도면 증명할 수 있는 사건은 없다.

더군다나 관련 증거가 남아 있는 것도 아니다.

"법적으로 보기에도 인과관계를 입증하는 건 사실상 불가능하죠. 이건 하면 우리가 질 수밖에 없습니다."

노형진은 고개를 끄덕거리며 말했다.

"인과관계의 증명은 아무래도 법원에서는 아주 중요하게 보는 거거든요."

가령 어떤 사람이 교통사고로 병원에 갔을 때 거기서 바로 사망했다면 법원에서는 그 교통사고가 원인이라고 생각한다.

그런데 그 사람이 3주쯤 입원해 있다가 갑자기 패혈증이 생기며 사망했다면 그 인과관계에서 교통사고는 사실상 거리가 멀어진다.

입원 자체는 교통사고로 인한 게 맞지만, 패혈증의 발생은 병원의 위생 문제이기 때문이다.

"이번 경우도 마찬가지예요. 사실 소송을 하면 이기기 힘들죠."

이기기는 힘들다.

고소를 했을 때 그녀들이 정신이상과 우울증 증상을 호소한다 해도, 그게 해당 사건으로 인해 발생한 건지 아니면 그 이후의 다른 일로 인해 발생한 건지 증명하는 것은 불가능하다.

"그리고 그 경우는 MKS와 고영진이 더 유리하죠."

"그런데 굳이 고소를 하라고 도발하신 이유가 뭡니까? 까딱 잘못하면 피해자들이 처벌받을 가능성이 높지 않습니까?"

"그러기는 힘듭니다. 그 인과관계라는 게 범죄의 성립에 영향을 주기는 하지만 그렇다고 아예 책임도 없애 주는 건 아니거든요. 특히나 증인이 있는 경우는요."

"증인?"

노형진은 떡하니 뭔가를 꺼내 들었다.

그러자 성진호는 깜짝 놀랐다.

"이건……?"

"MKS와 성진호가 허위 사실 유포로 인한 명예훼손으로 고
소한 사람들의 명단이죠. 이번 사건의 증인이기도 하고요."

노형진은 씩 웃으며 말했다.

"과연 그들의 증언을 MKS에서 어떻게 뒤집을지 두고 보
자고요, 후후후."

⚖️

형사사건은 이례적으로 빠르게 진행되었다.

MKS에서 어떻게 해서든 축소시키려고 했지만 이미 규모
가 그 정도에서 커버할 수 있는 수준이 아니었다.

애초에 그들이 먼저 선빵 치면서 기자회견을 하는 순간 그
렇게 하는 건 불가능해졌다.

남이 말하는 것과 자신이 말하는 건 전혀 다르니까.

"재판장님! 이들은 현재 MKS 측과 연관되어 허위 사실 유
포로 인한 명예훼손으로 조사 중인 사람들입니다."

검사는 사색이 되어서 말했다.

그럴 수밖에 없는 게, 노형진이 증인으로 신청한 여든 명
의 사람들이 누구인지 알아차렸기 때문이다.

"그래서요? 수사 중인 거지 아직 허위 사실로 밝혀진 건
아니지 않습니까?"

노형진은 싱글거리면서 검사를 바라보았다.

검사는 분명 MKS의 청탁을 받고 사건을 뒤집으라고 보내졌을 것이다.

'하지만 사건의 본질이 달라지면 저항도 못 하지.'

MKS와 고영진은 여러 사람들을 명예훼손으로 고소했다.

그런 경우 개개인에게 한 개의 혐의가 적용되어서 MKS의 힘으로 어떻게 처벌을 먹일 수가 있다.

그래서 그들을 고소하는 데 혈안이 된 거고.

'내가 왜 이걸 여기까지 끌고 왔는데.'

하지만 그들이 증인으로 등장한다면?

상황이 달라진다.

그건 그들의 개인적인 사건이 아니라 집단적 증언이다.

그리고 아무리 재판부가 MKS의 뇌물과 사주를 받았다고 해도, 여든 명의 증인을 무시하고 판결을 내릴 수는 없다.

"으음……."

판사는 골머리가 아픈 표정이었다.

개개인의 재판과 집단의 증언.

'여든 명의 증언을 거부한다면 상식적으로 답을 정하고 하는 재판이라는 소리가 되거든.'

더군다나 이번 사건은 언론이 관심을 가지고 있는 재판이다.

당연하게도 그 모든 뉴스가 외부로 나간다.

국민들이 상대방 증인을 모조리 거부하는 판사를 공정하

다고 볼 리가 없다.

'그리고 그 정도 사유면 판사를 바꿔도 그만이고.'

일반적으로는 판사 교체를 신청해도 대부분 받아들여지지 않지만, 그렇게 편파적으로 드러내고 움직이면 어렵지 않게 판사를 교체할 수 있다.

"재판장님, 해당 명예훼손의 고소 사유를 확인하여 주시기 바랍니다. 해당 증인들은 기자에게 고영진의 과거 학창 시절의 불법행위에 대해 제보했습니다. 그리고 고영진은 그들을 하나도 빠짐없이 고소했습니다. 그 숫자가 무려 여든 명입니다. 그 정도면 그 목적이 드러났다고 봐야 하지 않겠습니까? 더군다나 증인들이 증인석에 올라가서 선서를 하는 순간 그들에게는 진실을 말할 의무가 생깁니다. 즉, 그때부터는 거짓말을 한다면 위증죄로 처벌할 수 있게 되는 겁니다. 그러니 그 문제는 그때 위증죄로 처벌하면 그만입니다."

노형진의 말에 판사는 어쩔 수 없다는 듯 고개를 끄덕거렸다.

"재판장님! 하지만 그들은 이미 MKS 및 고영진과 소송을 하고 있는 사람들입니다!"

"그건 부정하지 않습니다. 하지만 고소한 사람이 꼭 바르다는 진리는 없지요. 아까도 말했다시피 MKS에서 입을 막기 위해 고의적으로 무고를 한 거라면요? 그러면 진실을 알아내기 위해서는 서로 교차해서 진술을 받는 게 중요하지 않겠습니까?"

검사는 어떻게 해서든 증언을 막고 싶은 눈치였지만 그러기에는 일이 너무 커졌다.

"더 이상 하실 말씀이 있나요?"

노형진은 눈을 반달로 하면서 웃었다.

그리고 검사는 반대로 눈을 찌푸릴 수밖에 없었다.

재판이 시작되고 나자 검사는 먼저 자기네 증인들을 불렀다. 가능하면 이슈가 되는 걸 자신들이 선점하기 위해서다.

하지만 그들이 실수한 것이 있었다.

있는 걸 증명하는 것은 어렵지 않지만, 없는 걸 증명하는 것은 어렵다는 걸 말이다.

"그러니까 증인의 말대로라면 고영진은 학창 시절 상당한 모범생이었다는 거죠?"

"네. 물론 공부를 잘하는 모범생은 아니었지만 그래도 남에게 피해를 끼칠 사람은 아니었습니다."

자칭 고영진의 절친이라는 친구. 같은 학교, 같은 반이었던 친구다.

'이쪽 사람들의 증인 목록에는 들어가지 않은 사람이지.'

성진호가 그를 뺀 것은 그가 이야기하는 조건으로 돈을 요구했기 때문이다.

반대로 말하면 그가 지금 이런 증언을 하는 이유는 돈 때문이라는 거다.

'멍청하게 그걸 계좌 이체로 줬을 리는 없지.'

이제 와서 그에게 진실을 말하라거나 고발해서 돈을 추적하는 것은 의미가 없다.

중요한 것은 그가 여기서 위증을 했다는 것을 증명하는 것이다.

"그래서, 그렇게 절친이라면 생일 정도는 알고 있겠네요?"

"네. 10월 11일입니다."

'이 정도는 예상했다 이거군.'

아니, 그 정도는 사실 인터넷만 뒤져도 나온다.

"그러면 고영진 씨와 얼마나 친한가요?"

"어…… 불알친구라고 할 수 있지요."

"불알친구라."

노형진은 피식 웃었다.

"이상입니다, 재판장님."

어차피 이 남자를 공격해 봐야 의미가 없다.

그는 모든 걸 외우고 준비했을 테니까.

"재판장님, 고소인인 고영진을 증인으로 신청합니다."

"네?"

"뭐라고요?"

남자가 증인석에서 내려가자 갑자기 노형진은 고영진을

증인으로 신청했다.

당연히 현장에 나와 있던 고영진은 당황해서 노형진을 바라보았다.

"무슨 이유가 있습니까, 피고인 측 변호인?"

"확인해 볼 게 있습니다. 어차피 고영진 씨를 증인으로 신청해 뒀으니 지금 불러도 상관은 없다고 생각합니다만."

고영진은 처음부터 불편한 얼굴이었다.

실제로 고소하고 그 재판에 출석하는 경우는 드물다.

그러나 노형진이 고영진을 증인으로 신청해 둔 상황이었기 때문에 그는 어쩔 수 없이 와야 했다.

"인정합니다. 고영진 씨, 증인석으로 올라오세요."

고영진은 앞으로 벌어질 일이 뭔지 예상을 한 듯 상당히 창백한 얼굴로 올라왔다.

'여기서 우리 쪽 피해자들에 대해 이야기해 봐야 모른다는 소리밖에 안 나오겠지.'

노형진은 떨떠름한 고영진을 보며 웃으며 물었다.

"그래서 고영진 씨, 방금 내려간 친구를 아십니까? 증인 말로는 아주 절친이라고 하던데요."

"알고 있습니다. 당연히요."

"그래요? 그러면 저분 생일은 언제입니까?"

"그건……."

고영진은 떨떠름한 표정으로 남자를 바라보았다.

"잘 모릅니다."

"아까 그분은 아시던데요?"

"제가 기념일을 잘 챙기는 타입이 아니라서요."

"아아, 그렇군요."

노형진은 고개를 끄덕거렸다.

그럴 수도 있다.

그런 것에 별로 관심이 없는 사람들도 분명 존재하니까.

"그러면 다른 걸 여쭤보죠. 그분 집이 어딘지는 아십니까?"

"아니요."

"그러면 좋아하는 건?"

"그건 잘……."

뭘 물어도 대답을 잘 못 하는 고영진.

"그러면 그에 대해 잘 아는 거 몇 개만 말씀해 보세요."

고영진은 말을 하지 못하고 눈만 데굴데굴 굴렸다.

그럴 수밖에 없었다. 모르니까.

사실 같은 반이기는 했지만 그와는 전혀 친하지 않았다.

둘 다 서로 소 닭 보듯 하던 사이였으니까.

'이럴 줄 알았다.'

위증을 할 때 대부분은 자신이 도움을 줘야 하는 사람에 대해 달달달 외운다.

하지만 반대로 도움을 받는 사람은 그 상대방에 대해 잘 외우지 않는다. 그럴 이유가 없기 때문이다.

'많이들 하는 실수지.'

보통 증인의 말실수를 노리지 그 인과관계를 증명하려고 하지 않으니까.

"그건 오래돼서 생각이 안 날 수도 있습니다, 재판장님!"

검사가 일어나서 버럭 외쳤다.

노형진은 그런 검사를 보며 날카롭게 말했다.

"변호사님, 소속이 어디십니까?"

"저는 검사입니다. 호칭 제대로 하세요. 그리고 왜 그걸 물어보십니까? 당연히 검찰청이지요."

"아, 죄송합니다. 열심히 변호하시기에 변호사님인 줄 제가 착각했네요."

방청석에서 큭큭거리는 소리가 새어 나왔다.

그러자 검사는 창피한 듯 얼굴이 붉어졌다.

"좋습니다. 시간이 지나서 잘 모를 수도 있지요. 아까 증인이야, 고영진 씨가 스타가 되었으니 기억을 더 잘할 수도 있고요."

노형진은 고개를 끄덕거렸다.

그럴 수도 있다. 시간이란 그런 것이니까.

"그러면 두 분의 우정을 증명할 수 있는 물증이 뭐가 있나요?"

"우정을 증명할 수 있는 물증요?"

"네, 그렇게 절친이라면 사진 한 장 정도는 있으시겠죠?"

"그건……."

"증인, 잠깐 핸드폰을 좀 주시겠습니까?"

노형진이 뜬금없이 핸드폰을 요구하자 고영진은 눈을 찌푸리면서 핸드폰을 건넸다.

"그러면 증인, 아까 그 증인의 전화번호를 말씀해 보세요. 단축 번호라도."

"그건……."

노형진의 말에 고영진은 아차 싶었다.

"저…… 그게 딱히 단축으로 저장하지 않아서……. 이름을 찾아서 하는 타입이라……."

"그렇군요."

노형진은 피식 웃으며 아까 증인의 이름을 핸드폰으로 검색해 보았다.

그러자 저장된 전화번호가 화면에 나타났다.

'물론 저장은 되어 있겠지.'

하지만 노형진이 원하는 건 저장 여부가 아니었다.

노형진은 통화 기록에 가서 이름을 찾았다.

요즘 핸드폰은 통화 기록에 몇 번 통화했는지, 또 언제 통화했는지도 뜬다.

"이상하군요. 절친이라고 하는데 그 통화 시기가 요즘이군요. 어젯밤에도 하셨고. 그런데 정작 이번 사건이 터지기 전에는 아예 통화 기록 자체가 없네요?"

"……."

고영진은 당황스러워서 대답을 할 수가 없었다.

'이럴 수밖에 없지.'

어찌 되었건 친구로서 대하고 그에 대한 대답을 하기 위해서는 그 사람에 대해 잘 알아야 한다.

하지만 언론의 눈이 있으니 서로 만날 수는 없다.

결국 방법은 하나, 통화뿐이다.

"아니, 요 근래에만 집중적으로 통화하셨네요?"

"그건 증언을 부탁하기 위해서…….”

"그래요?"

노형진은 오늘 검찰 측이 제출한 증인 명단에 있는 이름을 하나씩 고영진의 핸드폰에서 찾아보았다.

그러자 그 모든 이들과 요 근래 집중적으로 통화했다는 사실을 확인할 수 있었다.

"우연치고는 참 재미있는 우연이네요."

노형진은 씩 웃으며 핸드폰을 다시 고영진에게 내밀었다.

"노파심에서 하는 말입니다만. 위증죄는 증인석에서 증언을 했을 때 성립됩니다. 그러니까 아직 증언을 하지 않으신 분들은 위증죄도 성립되지 않는 거죠."

"피고인 측 변호인!"

검사가 비명을 질렀지만 기다리던 증인들 사이에서는 이미 술렁거리는 차가운 기운이 돌기 시작했다.

"그들이 가짜를 내세울 거라는 걸 어떻게 아셨죠?"

"뻔한 거죠. 없는 걸 증명하려면 가짜를 내세우는 수밖에요."

노형진은 어깨를 으쓱하며 말했다.

"그리고 거기서 제가 멈췄다면 아마 언론을 이용해서 이슈 몰이를 했을 겁니다."

아무리 재판을 빨리한다고 해도 모른 사건을 공평하게 처리할 수는 없다.

더군다나 이쪽에서 내놓은 증인의 숫자는 여든 명.

결국 저쪽은 소수의 자기들의 증인을 앞쪽에 밀어 넣음으로써 일종의 여론 몰이를 하고 그 후에 이쪽 증인들의 신빙성을 떨어트리려고 할 거라 노형진은 충분히 예상했다.

"하지만 실패했지요."

노형진이 위증 사실을 알아내자 당연하게도 그들은 서둘러서 도망갔다.

"그리고 검사는 그들을 잡을 수 없죠."

왜냐하면 증언을 하라고 했는데 거부하는 경우 처벌을 하도록 되어 있기 때문이다.

"결국 처벌을 면하는 방법은 하나뿐이죠."

증인석에 올라 진짜 증언을 하는 것.

그렇다면 나올 증언은 뻔하기에, 검사와 판사는 그들을 강제로 잡을 수가 없었다.

"일단 중요한 건 그들을 막았다는 겁니다."

"확실히 여론이 바뀌었어요."

처음에는 MKS의 언론 플레이로 인해 성진호는 기레기로, 피해자들은 거짓말쟁이로 취급받았다.

하지만 여든 명에 달하는 증인의 숫자가 드러났고 그것만으로도 부족해서 MKS 측 증인이 겁을 집어먹고 도망가는 사태가 벌어지자, 사람들은 MKS와 고영진에게 의심의 눈빛을 보내기 시작했다.

아니, 지금은 의심 정도가 아니라 거의 확신 단계였다.

"고영진은 이 정도만 해도 재기는 불가능할 겁니다."

고영진이 출연한 모든 프로그램에서 하차시키라는 청원이 빗발치고, 시청 거부 운동이 벌어졌다.

이미 그를 모델로 쓴 많은 기업들이 심각한 이미지 타격을 입고 있는 상황이다.

"더군다나 이번 고소는 고영진이 먼저 한 거죠. 그러니 완벽한 자폭인 거죠."

노형진은 피식 웃으며 말했다.

물론 고영진이 망해도 MKS와 최양렬은 망할 리가 없다.

그들이 벌어 둔 돈도 있을 테고, 고영진 말고도 소속 스타들은 많으니까.

하지만 그 회사의 인성 문제에 대해 사람들이 알았으니 장

기적으로 질 좋은 지원자를 찾는 것이 점점 더 힘들어질 게 뻔했다.

"남은 건 이제 다른 피해자들을 찾아서 돕는 거군요."

"자살한 분들의 가족 말이군요."

그래도 낙태한 사람들은 한 명을 제외하고는 죽지는 않았다.

하지만 고영진은 왕따의 가해자로서 피해자를 자살까지 몰아갔다.

"MKS와 고영진이 망해야 끝나는 일이지요."

"맞습니다."

기본적으로 연예인이라는 존재는 자신의 행동에 대해 책임을 져야 하는 사람들이다.

그럴 수밖에 없다.

연예인은 이미지로 먹고산다. 그리고 광고는 그 이미지를 빌려서 물건을 팔기 위한 것이다.

연예인들이 보통은 갑이지만, 광고주를 대상으로는 을일 수밖에 없다.

"그 광고주들이 가만히 있을 리가 없지요."

이건 음주 운전 같은 것과는 비교할 수 없을 정도의 대형 사고다.

더군다나 이 모든 걸 알면서도 MKS와 고영진은 광고주들을 속이고 비싼 광고를 찍었다.

인터넷에서는 이미 고영진이 출연하는 모든 광고 물품에

대한 불매운동이 벌어지고 있는 상황.

"이 경우는 업체가 손해배상을 안 걸 리가 없죠."

아무리 고영진이 돈을 많이 벌었다고 해도 수십 개의 광고를 물어 주고 나면 파산을 면할 길이 없다.

그건 MKS 역시 마찬가지다.

"씁쓸하네요. 사람들은 기회를 줘도 그걸 못 잡는다더니."

"모든 사람들이 기회를 잡을 수 있는 건 아니죠."

노형진은 시선을 돌려서 모니터 속 영상을 바라보았다.

고개를 숙인 채로 다급하게 자신의 소속사로 들어가는 고영진의 모습이 보였다.

하지만 그는 아귀처럼 달려드는 기자들을 피할 수 없을 듯했다.

"모든 사람이 기회를 가질 가치를 가지고 있는 것도 아니고요."

노형진이 보기에 고영진은 기회를 가질 가치조차 없는 사람이었다.

"지금까지 그에게는 너무나 많은 기회가 있었습니다. 이제는 그걸 찾아가야지요."

이제는 누구도 그들에게 기회를 주지 않을 거라 생각하면서, 노형진은 차분하게 영상을 바라볼 뿐이었다.

나를 잡아 주세요

"네? 자수요?"

"네. 제가 사람을 죽인 것 같은데, 기억이 안 납니다."

노형진은 여러 사건을 담당한다.

변호사를 찾아가 자수를 하는 사람은 없을 거라고들 생각하지만 사건을 처리하다 보면 생각보다 많은 사람이 자수 때문에 변호사를 찾아온다.

물론 그들이 진짜로 양심의 가책을 느껴서라기보다는, 자수를 하는 경우 그 처벌을 경감해 주는 규정이 있기 때문이다.

"경찰에는 갔다 오셨나요?"

"장난하지 말고 가라고 하더군요."

"허어, 참."

노형진은 입맛을 다셨다.

자수는 많지만 지금처럼 애매한 경우는 두 번째였기 때문이다.

'전에는 진범이 자수하러 왔었지.'

진범이 양심의 가책을 이기지 못해서 자수하러 온 적이 있었다.

그러나 경찰과 검찰은 이미 가짜 범인을 강제로 만들어서 처벌을 한 후였기에, 노형진은 진범이 처벌을 받게 하기 위해 그들에게 소송을 거는 등 복잡한 싸움을 해야 했다.

'그런데 이번에도 그런 거야?'

경찰에서 인식하지 못한다는 건 처벌도 피할 수 있다는 소리고, 그런 경우 대부분의 사람들은 자수하지 않는다.

하지만 상대방은 자수 의지가 확고하다.

한 가지 문제만 빼고 말이다.

"진짜로 본인이 죽인 거 맞습니까?"

"그런 것 같습니다."

"'같습니다.'라는 말은 확실한 게 아닙니다."

"미안합니다. 제가 기억상실증이라……."

'아니, 기억상실증이 여기서 왜 튀어나와? 그런 건 드라마에서나 튀어나와야지.'

기억상실증.

말 그대로 기억을 통째로 잃어버리는 것을 뜻한다.

모든 기억을 잃어버리기도 하지만 아주 드문드문 기억이 나기도 하는 등 증상이 다양하다.

픽션에서는 뇌가 충격을 받아 생기는 것으로 표현되지만 그건 극적인 효과를 위한 연출일 뿐, 실제로 충격에 의한 기억상실은 통계적으로 아주 적다.

당연히 기억을 잃은 사람의 뒤통수를 후려친다고 해도 기억이 돌아올 가능성보다는 상해나 살인미수로 잡혀갈 가능성이 더 높고 말이다.

"하아."

노형진은 머리를 긁적거렸다.

아무것도 모르는 사람의 자수라니.

"뭐가 생각납니까? 개인적인 부분은 어디까지 기억나세요?"

기억상실은 이상하게도 생활 전반에 대한 기억은 다 잃어 버리지 않는다.

자신과 주변에 대해서는 잊어버리지만 버스를 타거나 은행 업무를 보는 등 자연스러운 사회적 행동은 잊어버리지 않는 특성이 있다.

"그러니까 제 기억은 제가 스물한 살 때에서 멈춰 있습니다."

"대략 군에서 제대한 시점이네요."

"정확하게는 제대하고 세 달 뒤예요."

그 뒤부터 기억이 안 난다.

어느 날 눈떠 보니 지방 호텔에 있었다는 것이다.

"그렇다면 개인 정보를 잃어버리지는 않았을 테고요."

"네, 그건 다행히……."

주머니에 신분증도, 통장도 있었다.

그래서 그는 그걸 가지고 경찰에 가서 도움을 요청했고, 신분을 확인하는 건 어렵지 않았다.

설진만이라는 이름이었다.

문제는 그것과 주소 불명이라는 기록 말고는 찾은 게 없다는 거다.

"나이가 54세더군요."

무려 33년간의 기억이 사라졌다.

"그런데 왜 사람을 죽였다고 생각하시는 건가요? 착각일 수도 있지 않습니까? 기억상실도 정신적 질병이니 착각이 올 수도 있지요."

"저도 그러면 좋겠지만……."

밤마다 꿈에 시체가 나타난다.

그냥 누군가를 저주하는 유의 악몽이 아니다.

밤마다 자신이 사람을 죽인다.

어딘지 모르는 곳에 땅을 파고 피투성이가 된 사람을 묻는다.

"그런데 거기가 어디인지도 모르겠어요."

장소도 모르고 시간도 모른다.

오로지 자신이 피 흘리는 사람들을 묻는 끔찍한 꿈뿐이다.

"단순 악몽이 아닐까요?"

"저도 그렇게 생각하고 싶었습니다. 하지만 그 꿈속에서 나타나는 사람들이 매일같이 달라집니다."

"매일같이요?"

"네."

지금까지 그의 꿈에 나타난 사람들의 숫자만 해도 서른 명.

이 정도면 역대급의 살인마다.

"그런데 아무것도 기억이 안 난다고요?"

"네."

노형진은 잠깐 고민하다가 그의 손을 잡았다.

"변호사님?"

"잠시만요."

노형진은 그의 손을 붙잡고 기억을 읽었다.

그의 목적이 진짜로 자수를 하려는 건지, 악몽을 말하고 싶은 건지, 아니면 관심받고 싶은 건지 알아보기 위해였다.

그런데 그의 기억을 읽은 노형진은 당황할 수밖에 없었다.

'진짜로 기억이 없어?'

어떤 기억이든 있을 거라 생각했다.

그런데 노형진의 예상과 다르게 실제로 어떤 기억도 없었다.

마치 컴퓨터를 포맷하듯이 모든 기록이 사라졌다.

'기억을 읽을 수가 없다?'

이런 일은 처음이었기에 노형진도 솔직히 당황할 수밖에 없었다.

외부에 드러내지 않는다고 해도 기억을 읽을 수 있다는 것은 상대방이 거짓말을 하는지 아닌지 판단하는 데 아주 큰 도움을 줬기 때문이다.

"저기, 이 손을 좀……."

"아, 죄송합니다."

노형진은 얼른 손을 놨다.

어색한 상황에 설진만은 헛기침을 했다.

"어찌 되었건 그런 꿈을 꾼다는 이야기를 듣고 정신과 의사는 두 가지 가능성을 이야기했습니다."

하나는 단순한 악몽. 기억을 잃게 한 사건이 변질되면서 꿈에서 그러한 형태로 나타나는 경우.

다른 하나는 억눌려 있던 그 기억이 꿈이라는 형태로 구체화되어 드러나는 것.

"후자라면 분명 현실이겠지요."

그런데 현 상황을 보면 후자에 가깝다.

전자라면 때마다 꾸는 꿈이 달라질 가능성이 크지만 후자라면 비슷할 테니까.

그런데 설진만의 꿈은 분명 후자의 형태를 가지고 있다.

그 말은 억압된 기억이라는 거다.

"하지만 이해가 안 가는 게 있네요."

"어떤 거 말이죠?"

"그런 꿈은 무의식중의 죄책감 때문에 꾸게 되는 거겠죠?"

"그렇지요."

"그런데 설명을 들어 보면, 시체를 묻는 부분에 대해서만 계속 꿈꾸실 뿐, 정작 살인을 하는 부분은 없는 것 같은데요?"

"네, 그런 꿈은 꾼 적이 없습니다."

"죄책감을 느낀다면 살인 자체에 대해 더 크게 느껴야 하지 않을까요?"

노형진이 인간의 심리에 대해 아주 잘 아는 건 아니지만 시체를 묻는 것보다는 살인을 하는 게 더 큰 범죄라는 건 상식이다.

"그런데 정작 그런 꿈은 꾸지 않으신다는 게 이해가 안 가서요."

"그건 저도 잘⋯⋯."

설진만은 자신도 모르겠다는 듯 고개를 흔들었다.

하긴 아무런 기억도 없는 사람이 뭘 설명할 수 있겠는가.

"혹시 최면술은 써 보셨나요?"

아직까지 진짜인지 가짜인지 말이 많기는 하지만 최면술은 이러한 경우에 종종 쓰는 기술이다.

실제로 노형진도 한 번 써먹어 봤고 말이다.

"네, 써 봤습니다. 그것도 세 번이나요. 그런데 아무것도 안 떠올라요."

"그래요? 혹시 다른 건 없나요? 같이 있던 사람이라든가."

"그게, 있는 것 같기는 한데⋯⋯."

문제는 그게 누군지 전혀 모르겠다는 것이다.

꿈에서 보이는 것도 아니다.

어렴풋하게 그들이 존재한다는 것은 알지만, 그 이상은 아무것도 생각나지 않는다.

"그래요? 흠……."

노형진은 이런 사건은 처음 겪어 보기 때문에 뭐라고 하기 참으로 애매했다.

'내 가장 강력한 무기가 막혔단 말이지.'

그렇다면 남은 것은 추적뿐이다.

'경찰이 해 준다면 좋겠지만……'

사실 추적을 한다면 경찰이 해야 한다.

그들에게는 개인의 신상에 접근할 수 있는 방법이 있기 때문이다.

그의 모든 기억, 그의 모든 움직임은 현대에 와서는 다 드러날 수밖에 없다. 그러니 그걸 추적하면 어쩌면 꿈에 나온 부분을 찾을 수 있을지도 모른다.

'그런데 경찰이 그걸 해 줄 리가 없지.'

노형진은 기대를 접었다.

그런 경찰이라면 세상이 얼마나 깨끗해졌겠는가?

"일단 이 부분은 확실하게 말씀드리겠습니다. 그러한 부분이 사실이라면 설진만 씨는 최소 무기징역 또는 사형이 언도될 수 있습니다. 진술대로라면 최소한 열 건 이상의 살인에 연관되신 겁니다."

"상관없습니다. 지금 상황에서 저는 살아도 사는 게 아닙니다."

단 하루도 깊은 잠을 잔 적이 없다.

정신과 의사가 주는 수면제도 점점 안 통한다.

처음에는 한 알이면 되던 약이, 지금은 세 개 이상 먹어야 잠이 온다.

"제가 기억을 잃은 사이에 그러한 범죄를 저질렀다면 그 처벌을 받아야지요."

"알겠습니다. 그러면 저희가 그 의뢰를 받아들이지요."

노형진은 고개를 끄덕거렸다.

그의 마음 한곳에서 왠지 호승심이 불타오르고 있었다.

⚖

"살인 사건?"

"그래, 꿈이지만."

"뭐야? 그 새끼 미친 거 아냐?"

"미친 건지는 알 수가 없지. 너나 나나 회귀했다고 하면 사람들이 어떻게 보겠냐?"

"미친 새끼라고 하겠지."

오광훈은 머리를 긁적거렸다.

노형진이 가지고 온 사건을 무시할 생각은 없었으니까.

"그렇다고 해도 여전히 문제가 많은데. 꿈으로 무슨 추적을 하라는 거야? 그게 가능은 해?"

"꿈만으로는 불가능하지."

지형지물이라도 있으면 모를까, 설진만의 꿈에 나타나는 장면은 오로지 숲이다.

그마저도 매번 바뀌는 그런 장면.

"경찰은 그냥 개꿈이라고 하는데, 정신적인 부분은 완전히 무시할 수는 없어서 말이지."

"그, 최면술? 거기서는 나온 게 없다면서?"

"그러니까 이상하기는 한데, 일단은 실종자부터 추적을 하려고."

"실종자? 야! 한 해에 실종자가 몇 명인데! 그걸 다 어떻게 추적을 해?"

"일일이 다 찾겠다는 게 아니야. 하지만 사진을 보여 줄 수는 있지."

오광훈은 머리를 흔들었다.

그도 검사로서 경험이 쌓이면서 현실적인 부분을 느끼고 있었기 때문이다.

"한 해에 몇천 명은 될 실종자들의 사진을 다 보여 준다고? 그건 무리일걸."

"그럴 필요는 없지. 그가 시신을 묻었다는 건 결국 그 현장으로 갔다는 거야. 그러니까 그의 동선을 추적해야지.”

“어떻게? 이런 걸로는 영장 안 나온다.”

노형진은 피식 웃었다.

사건을 추적할 때는 워낙 꼭 영장을 받아서 하다 보니 오광훈은 가장 큰 부분을 오해하고 있었다.

“이거 추적하는 데에는 영장 필요 없어. 당사자가 있잖아.”

“당사자는 기억을 못 한다면서?”

“당사자는 기억을 못 하지. 하지만 카드는 기억하지.”

“카드?”

“그래. 현대는 현금보다 카드가 더 많이 쓰이는 시대야.”

그리고 카드는 어디서 얼마를 썼는지, 다 기록에 남는다.

“당사자는 그 기록을 다 달라고 할 수 있지.”

“대중교통을 타고 현금 쓰면서 움직였을 수도 있잖아.”

“혼자라면 그렇지.”

하지만 그는 분명 시신을 묻었다고 했다. 그게 만일 현실이라면 대중교통으로 움직이는 것은 불가능하다.

결국 차로 움직였을 수밖에 없다.

“기름을 넣었을 수도 있고 뭔가를 사 먹었을 수도 있으니까.”

결국 카드가 사용된 곳을 추적하다 보면 어딘가가 나올 수밖에 없다.

“과연 어디가 나오는지 두고 보자고.”

설진만은 노형진의 말대로 자신의 카드 사용 내역을 뽑을 수 있는 최대한으로 뽑아 왔다.

"뭔가 이상하기는 하네요."

그는 돈을 매달 자신이 현금으로 입금했다.

외부에서 송금된 기록 중에 월급이나 근무에 대한 수당으로 볼 만한 것은 없었다.

"그런데 가끔가다 상당한 돈을 넣으셨단 말이지요?"

"설마 제가 사람을 죽여 주는 그런 일을 했던 건 아닐까요?"

"글쎄요. 그건 모를 일이지요."

그럴 수도 있다. 하지만 그걸 확실하게 알 수는 없었다.

"일단 입금자를 추적하는 건 불가능할 겁니다. 당사자가 넣었으니까요. 하지만 한 가지는 확실하네요. 차를 이용하셨습니다."

"하지만 저는 차가 없는데요."

차가 있다면 당연히 기록에 나와야 한다.

하지만 기록상에는 차가 없다.

"아마도 대포차일 겁니다. 그러니 기록에는 안 나오겠지요."

하지만 아무리 대포차라고 해도 기름은 넣어야 할 것이다.

"그러면 그 주유소를 추적해야 하나?"

오광훈의 말에 노형진은 고개를 흔들었다.

"시내는 의미가 없어. 아무래도 시내에서는 기름을 많이 먹거든. 그리고 시내에서 차에 시신을 두고 기름을 넣었을 가능성은 별로 없지."

설사 넣는다고 해도 한두 번이지, 자주 넣지는 않았을 것이다.

"더군다나 서울 시내에 그 정도 되는 숲이 어디 있어?"

"그런가?"

"당연하지. 아마도 지방으로 내려가면서 기름을 넣은 기록이 있을 거야."

노형진은 그렇게 말하면서 기록을 정리했다.

아니나 다를까, 그렇게 주유소의 주소를 찾아서 정리하다 보니 가끔가다가 충청북도로 가는 경우가 있다는 것을 확인할 수 있었다.

"충북인 건 알겠는데 말이지, 그 이후가 문제네."

가는 동안에 기름을 넣는다고 하면, 찾아야 할 반경이 너무 넓어진다.

"그때는 주변에서 사용한 다른 카드 내역을 추적하면 되지."

노형진은 가게의 상호를 일일이 찾아보기 시작했다.

물론 중복되는 상호가 있기는 하지만 주유소로 특정된 곳을 찾는 것은 어려운 일이 아니었고, 얼마 지나지 않아서 어떤 장소에서의 카드 사용 내역을 찾을 수 있었다.

"선풍리라……. 기억나는 거 있습니까?"

"아니요. 전혀요."

"혹시 고향이신가요?"

"아닙니다. 그곳은 전혀 기억에 없어요."

고향도 아닌데 가끔 그곳으로 간다. 거기에 부모가 사는 것도 아니다.

"이 위치로 보면 확실히 시체를 묻기 딱 적당하기는 해요."

선풍리에 대해 인터넷에서 찾아보니 주민이 채 이백 명도 안 되는 작은 동네라는 것을 알 수 있었다.

그나마도 선풍리 주변은 오로지 산으로 되어 있는, 소위 말하는 임산업으로 살아가는 마을이었다.

"이곳에 시체를 묻었다고? 그러면 너무 위험한 거 아냐?"

오광훈은 고개를 갸웃했다.

그럴 수밖에 없다. 차라리 분지 형태라서 그 안에서 농사를 짓는다면 또 모를까, 그것도 아니고 임산업으로 구분되어 있는 곳이다.

즉, 제대로 농사를 지을 만한 곳도 아니라는 의미이다.

그러면 마을 사람들 대부분이 산을 타면서 산에서 나는 물건들을 채취해서 살아간다는 건데, 그런 곳은 시체를 묻기에는 너무 위험하다.

"일반적으로는 그렇지. 하지만 네가 생각하지 못한 게 있어."

"어떤 거?"

"나이."

"나이?"

"그래. 안 그래도 시골에서 농사를 짓는 사람도 드물어. 하물며 농사도 그런데, 산을 타면서 산에서 나오는 걸 채취해서 파는 사람이 얼마나 되겠어?"

그런 동네라면 거의 80% 이상이 환갑 이상의 노인들만 사는 곳일 가능성이 높다.

사실상 말이 마을이지, 그저 고향을 떠나기 싫은 노인들만 남아서 지키는 곳일 가능성이 높은 것이다.

"더군다나 이 기록은 10년 전 거야. 물론 국가에서는 관리를 계속하니까 최신 기록이 있겠지만, 인터넷상에서는 이게 마지막 기록이지."

즉, 일반인들의 관심에서도 완전히 벗어나 있다는 소리다.

"만일 마을을 살리기 위해 뭐든 하려고 했다면 언론이든 뭐든 나왔겠지."

하지만 그러한 흔적도 없는 마을.

"사실상 소멸을 기다리는 마을이지."

널리 알려지지 않았지만 몇몇 개 도시는 공식적으로 소멸 직전이라는 말이 있다.

단순히 동과 리 정도가 아니라 시쯤 되는 곳도 향후 수십 년 내에 소멸할 가능성이 높다고 할 정도로 시골의 공동화현상은 심하다.

"만일 그런 곳이라면 주변 사람들이 산을 타고 싶어도 못 타."

산을 타는 것은 나이 어린 사람도 힘들어하는 일이다.

그런데 나이 먹은 사람들이 지팡이에 기대어서 산을 타는 건 불가능하다.

"더군다나 이런 곳이라면 멧돼지 같은 유해 조수도 많을 테고."

당연히 그러한 위험한 곳에 노인들은 들어가지 않는다.

"임산업에 종사한다는 말만으로는 현실을 표현하지 못하는 거지."

"그런가?"

"그래. 서류를 너무 믿지 마. 대부분의 서류는 가장 기본적인 정보만을 제공할 뿐이야. 그렇지 않은 정보는 결국 직접 스스로 뛰어서 찾아야 해."

노형진은 그렇게 말하면서 설진만을 바라보았다.

"이곳일 가능성이 높습니다. 카드 사용 내역도 이곳에서 끝났고요."

사용 내역이라고 해 봤자 결국 작은 슈퍼마켓에서 끊은 것이지만 말이다.

하지만 이런 곳을 한 번도 아니고 네 번이나 가서 결제했다면 뭔가 이유가 있었을 것이다.

"그곳으로 한번 가 보시죠. 뭔가 생각날지도 모릅니다."

"그러지요."

노형진의 말에 설진만은 고개를 끄덕거렸다.

하지만 그 결정이 상황을 생각지도 못한 방향으로 흘러가게 할 줄은 그 누구도 몰랐다.

"꼬리가 붙었다."

노형진에게 다가온 오광훈은 커피를 건네며 나지막하게 말했다.

노형진은 움찔했지만 이내 티를 내지 않고 커피를 건네받으면서 물었다.

"몇 명?"

"네 명. 아무래도 같이 온 모양이야."

"꼬리라니요?"

"쉿, 조용히 말하세요. 들리지는 않을 테지만 이쪽에서 바라보면 눈치챈 걸 알 겁니다."

오광훈은 캔 커피를 입으로 가져다 대면서 말했다.

"확실한 거야?"

"확실해. 내가 움직이는 동선 그대로 두 명이 따라오더라고. 두 명은 너희를 보고 있고."

선풍리로 가는 길.

휴게소에 잠깐 들른 그들은 커피를 마시면서 느긋하게 쉬려고 했지만 상황은 그렇게 속 편히 돌아가지 않았다.

"최근에 너한테 꼬리 붙을 만한 사건 있었어?"

노형진은 오광훈의 말에 잠깐 고민하다가 고개를 흔들었다.

"아니, 없어. 사건이야 많지만 꼬리까지 붙을 정도는 아니지. 넌?"

"나도 별거 없는데."

어깨를 으쓱한 두 사람의 시선은 자연스럽게 설진만에게 향했다.

"남은 건 설진만 씨뿐이군."

"네? 저…… 저요? 하지만 저는 기억나는 게…….'

말을 하던 설진만의 목소리가 점점 작아졌다.

기억나는 게 없다.

진짜로 없으니 문제인 거다.

노형진은 그런 설진만의 손에 캔 커피를 건네주며 말했다.

"걱정하지 마세요. 문제는 안 되니까. 하지만 덕분에 한 가지는 확실해졌습니다."

"어떤 거요?"

"설진만 씨가 한 행동은 조직의 일부로서 한 거라는 거죠."

"조직의 일부요?"

"네."

그렇지 않다면 자신들이 미행당할 이유가 없다.

그러니까, 그가 뭘 했든 조직에서 상당히 큰일을 하던 사람이라는 뜻이다.

"그러면 저 사람들은 우리를 죽이려고 따라오는 건가요?"

설진만의 손이 달달 떨리기 시작했다.

그럴 수밖에 없다.

꿈에서 그는 시체들을 묻었다.

그 말은 그의 손으로든 남의 손으로든 살인이 벌어졌을 수밖에 없었다는 뜻인데, 그게 조직원으로서 한 거라면 조직에서 그걸 드러내고 싶을 리가 없기 때문이다.

"그럴 수도 있지."

오광훈은 고개를 끄덕거렸다.

쓸데없이 '그런 일은 없습니다.'라는 말을 할 생각은 없었다.

아니, 할 이유가 없었다.

그런 헛된 희망은 도리어 고통스러울 뿐이니까.

"하지만 섣불리 움직이지는 않을 거야. 바보가 아닌 이상에야 말이지."

사람을 죽이기 위해서는 여러 가지 준비할 게 많다.

더군다나 오광훈은 어찌 되었건 검사다.

검사가 살해당하면 정치적으로 그를 죽이려고 하는 게 아닌 이상, 전 검찰이 나서서 범인을 아작 내 버리려고 한다.

"물론 마냥 안전하다고 할 수도 없겠지만요."

노형진은 마지막 남은 커피를 털어 마시며 말했다.

"아직도 이쪽 보냐?"

"어."

노형진은 그들을 등지고 있었지만 오광훈은 노형진을 마주하고 서 있는 형태여서 그들을 볼 수 있었다.

그래서 아까 확인할 수 있었던 거고.

"네가 봐서는 어때, 경험상?"

물론 검사로서의 경험도 있지만 이 경우는 전직 조폭으로서의 경험을 뜻하는 것이었다.

그리고 오광훈은 그게 무슨 말인지 바로 알아들었다.

"조폭 애들은 아니야."

"확실해?"

"그래. 조폭 애들은 자기들 특유의 그런 게 있거든."

조폭들은 주로 상대방에게 겁을 주어 목적을 달성하려는 경향이 있다.

당연하게도 그러기 위해 문신을 한다거나 몸집을 키운다거나 하는 식으로 공포스럽게 꾸민다.

또한 옷 자체도 사람들이 겁먹을 만한 옷으로, 최대한 껄렁껄렁하게 입고 다닌다.

"슈우우웃!"

노형진은 몸을 돌려서 빈 깡통을 쓰레기통을 향해 던졌다.

깡통이 허공을 가르며 정확하게 쓰레기통으로 들어간 것을 확인한 노형진은 자연스럽게 몸을 다시 원위치로 돌렸다.

그런데 방금 전 행동은, 노형진이 진짜로 쓰레기를 버리고 싶어서 한 게 아니었다.

"곤란한데."

"뭐가?"

"내가 아는 타입이야."

"네가 아는 타입이라고?"

"그래."

네 사람 다 너무 평범하게 생겼다.

옷도 양복 같은 게 아니라 어디서나 흔하게 볼 수 있는 티셔츠와 청바지 같은 것을 입고 있었다.

그들 역시 자연스럽게 이야기를 하고 있지만, 애석하게도 그들이 위치한 자리는 자연스럽게 이야기를 나누기에는 부적절했다. 고속도로 휴게소의 주차장 한복판이었으니까.

어쩔 수 없었으리라. 그곳이 아니면 노형진 일행을 감시할 만한 위치가 없으니.

"어떤 스타일인데?"

"킬러."

"킬……!"

설진만이 기겁을 하면서 소리를 지르려고 하는 찰나. 오광훈이 잽싸게 그의 옆구리를 툭 쳐서 입을 막았다.

"미…… 미안합니다. 그런데 킬러라니요? 그게 무슨 말씀입니까?"

"무슨 말씀이긴요. 킬러가 킬러죠."

킬러. 돈 등의 대가를 받고 사람을 죽여 주는 이들.

개별적으로 일하는 자들도 있지만 집단적으로 일하는 자들도 있다.

"네가 언제 킬러를 봤다고?"

"미국에서 봤어. 나 미국에서 암살 대상이었잖아."

"그랬나?"

"넌 잘 모르지."

노형진은 느긋하게 기둥에 기대며 말했다.

"킬러들은 가능하면 튀지 않으려고 해. 그리고 저들이 킬러라면 한 가지는 확실해지지. 지금까지 있었던 모든 일들이 말이야."

"지금까지 있던 모든 일들이요?"

"네."

노형진은 설진만을 보면서 느긋하게 말했다.

지금까지 꿈이라는 애매한 무언가를 따라왔다.

끝없이 반복되는, 시체를 묻는 꿈.

"그런 걸 보면 설진만 씨는 제법 양심적인 타입이라는 거죠. 묻은 사람들의 얼굴을 기억하고 그로 인해 죄책감을 느꼈다면요. 아니, 최소한 그 일을 할 때에도 양심적 부분이 남아 있었다는 거죠."

"그…… 그런가요?"

"네. 그런데 정작 살인 장면은 없었죠. 제가 이상하게 생각한 게 그겁니다."

양심적인 사람이기는 한데 왜 정작 살인 장면은 없었을까?

무의식중에 기억나지 않았을까?

하지만 애초에 꿈이라는 것 자체가, 무의식에 내재된 생각이 드러나는 상태다.

그렇다면 살인 장면만 감춰질 이유가 없다.

"하지만 살인을 하지 않았다면 가능하지요."

살인을 하는 사람이 따로 있고, 그 시신을 처리하는 청소부가 따로 있다면? 그리고 설진만이 청소부였다면?

"그러면 대충 상황이 맞죠."

살인은 하지 않지만 시체는 처리할 테니까.

"한국에 킬러 조직이 있어?"

노형진은 오광훈의 말에 피식하고 웃었다.

"한국에 킬러 조직은 없어. '공식적'으로는 말이지."

"뭔 뜻인지 알겠네."

공식적으로 한국에 킬러 조직은 없다.

하지만 비공식적으로 킬러 조직이 없는 나라는 거의 없다.

기껏해야 바티칸 정도일 것이다.

일단 그곳도 국가로 인정받고 있으니까.

"하…… 하지만 킬러 조직이 진짜로 운영된다고요?"

"그러고도 남지요. 부자들에게 사람 목숨은 파리 목숨이니까요."

물론 모든 부자들이 다 살인을 하는 건 아니다.

하지만 대한민국에서 부자들은 부도덕한 경우가 많다. 제대로 뭔가 해서 돈을 벌기에, 한국은 쉬운 나라가 아니니까.

"실제로 조폭들이 아니다 아니다 하지만 대기업들과 손잡고 조용히 뒤에서 암약하는 건 알 만한 사람들은 다 알고 있습니다."

"하지만 그러면 조폭을 시키면 되잖습니까?"

"전문가라는 말이 그냥 있는 게 아닙니다."

뭐든 시키면 대충은 할 수 있는 게 사람이다.

하지만 전문가라는 사람이 그 일을 하면 퀄리티가 달라진다.

"조폭들이 살인을 하면 이상한 부분이 많지요."

두들겨 패거나 칼로 찌르거나 차로 밀어 버리거나 익사시켜 버리거나, 하여간 조폭들의 살인 방식은 좀 난잡하고 시끄럽다.

당장 미국에서도, 갱단도 있지만 살인 의뢰는 킬러에게 들어간다. 갱단에 살인 의뢰를 하면 조용히 처리하는 게 아니라 그냥 길거리에서 총으로 쏴 버리니까.

"하지만 킬러는 아니죠."

독살은 기본이요, 심장마비나 단순 실종, 추락사로도 꾸밀 수 있다. 매년 많은 사망자들이 나오지만 그들을 모두 부검하는 건 아니니까.

"가령 제가 오 검사와 싸운다고 생각해 보세요. 아주 철천지 원수처럼 싸우고 있었어요. 그런데 오 검사가 갑자기 길에서 칼맞아 죽으면 누가 가장 먼저 의심받을까요? 저 아니겠습니까?"

"아……."

"하지만 오 검사에게 갑자기 심장마비가 온다면? 그러면 저는 혐의를 벗는 거죠."

부자들이 뭔가 할 때는 상당히 많은 부분을 기존 세력과 충돌할 수밖에 없다.

당장 재개발을 하려 한다 해도, 어떤 지역에서 누군가는 절대 반대하고 사람들을 모아서 저항하려고 할 것이다.

그래야 본인이 피해를 입지 않을 테니까.

"부자들은 당연히 그게 불편하겠지만, 달리 어떻게 할 수가 없죠."

그냥 두면 자신의 사업이 망가지고, 그렇다고 협박을 하자니 통할 리가 없다.

"죽이면 대놓고 자기가 죽였다는 소리가 나올 테고요."

그런 의심을 받게 되면 그 재개발은 물 건너가는 셈이다.

"하지만 그가 심장마비로 사망했다면? 누가 의심하겠습니까?"

"으음……."

"암살과 살인은 전혀 다릅니다."

살인은 대놓고 죽이지만 암살은 조용히 죽인다.

자연사로 위장할 수 있는 능력이 좋을수록 암살자의 가치는 높아진다.

"말이 안 되잖아. 그러면 설진만 씨가 나설 이유가 어디 있어? 자연사로 꾸미는 건데."

"법률계에는 철칙이 있지. 시체가 없으면 사건도 없다."

아무리 노력해도 암살이 불가능한 사람이 있다.

심장마비를 고르자니 너무 건강하고, 차량 사고를 내자니 자가용도 안 타고 다니고, 사고사를 가장하자니 주변에서 안전에 환장하고.

"그런 경우는 가장 만만한 게 실종이지."

"실종요?"

"네."

특히 한국은 남자의 실종에 대해 경찰이 아예 수사를 하지 않는 방관자적 입장을 취한다.

아무리 의심스러워도, 시신이 발견되지 않으면 남자의 실종은 그저 단순 가출일 뿐이다.

"그리고 그걸 처리하는 게 설진만 씨였을 가능성이 높지요."

"……."

설진만은 대답을 하지 못하고 고개를 푹 숙였다.

자신이 기억을 잃어버린 사이에 얼마나 끔찍한 일을 했던 건지 알 수는 없지만, 정상적인 일은 아닐 거라고 느끼기에는 충분한 상황이었으니까.

"그러면 제가 어떻게 해야 합니까? 지금이라도 자수할까요? 설마 저들은 제가 너무 많이 알아서 죽이려고 그러는 걸까요?"

노형진은 고개를 흔들었다.

"그럴 가능성은 낮습니다."

진짜 킬러 조직이라면 일을 그렇게 어설프게 하지는 않을 것이다. 더군다나 설진만은 집도 아니고 호텔에서 기억을 잃은 채로 깨어났다.

"그 말은 누군가 당신을 죽이려고 한 건 아니라는 거죠."

"그런데 왜 저를 따라오는 거죠?"

"상황이 이상하니까요. 입장을 바꿔서 생각해 보시면 이해가 갈 겁니다."

얼마 전까지만 해도 자신들과 함께 일하던 사람이다.

그런 사람이 갑자기 이상 증세를 보이며 경찰을 찾아가고 검찰을 찾아가기 시작하면, 진짜 킬러 조직이 연결되어 있다면 그들은 배신을 의심할 수밖에 없다.

"문제는 딱히 배신으로 볼 만한 상황은 아직 벌어지지 않았다는 거죠."

배신이라고 보기에는, 자신들에 대한 추적도 이루어지지 않고 수사가 진행되는 것 같지도 않다.

"그러니까 애매한 겁니다."

죽이자니 실패하면 설진만이 바로 배신할 것이 뻔하고, 그냥 두자니 지금 상황이 이해가 안 간다. 그럴 때 가장 좋은 방법은 잠깐 시간을 두고 감시하는 것이다.

"아마도 배신은 아니지만 손을 씻으려고 하는 게 아닐까 하는 생각은 하겠지요."

"그러면 어쩌죠?"

"여기서 우리가 선풍리로 가는 것은 멍청한 짓입니다. 배신을 했다는 확신을 주는 꼴이니까요."

그랬다가는 설진만은 바로 암살당할 것이다.

자신들도 안전한 것은 아닐 테고 말이다.

"잠깐 주민등록증 좀 주세요."

"여기요."

노형진은 그의 주민등록증을 보았다. 그리고 거기에 인쇄된 번호를 통해 설진만의 출생지를 추정했다.

사람들은 잘 모르지만 주민등록번호는 출생 지역에 따라 번호가 정해진다.

"다행히 가는 길에 살짝 돌아가면 출생지가 있군요. 그쪽으로 돌아야겠습니다."

"그런다고 쉽게 속을까요?"

"속기를 바라야지요."

노형진은 고개를 돌리지 않고 느긋하게 말했다.

"안 되면 할 수 없고요."

다행인지 불행인지, 그들은 따라다니는 것 말고는 특별한 행동을 하지 않았다.

그저 멀찌감치에서 감시만 할 뿐이었다.

"의외네. 전화라도 할 줄 알았는데."

"위험하니까."

정말 배신이라도 한 거라면 통화 내역 자체가 약점이 될 수도 있다. 재수 없으면 설진만이 통화하면서 사건에 관련된 걸 녹음할 수도 있고.

"그 영화에서처럼 접근하면 안 되나, 아군인 것처럼?"

"그게 될 리가 있냐? 영화는 영화일 뿐이야."

그렇게 조심스러운 놈이 검찰과 접촉한 설진만을 쉽게 받아 줄 리가 없다.

"아마도 심각한 취조를 하겠지."

말이 좋아서 취조이지, 고문을 할 가능성이 높다.

"과거의 설진만은 모르지만 지금의 설진만이 그걸 이길 리가 없지."

그러면 그는 모든 걸 말할 테고, 노형진과 오광훈은 명백하게 그들의 암살 대상이 되어 버릴 것이다.

"어째서 저런 놈들이 아직까지 안 잡힌 거지?"

"자기들을 감추는 데 특출난 놈들이니까. 특히나 요즘 같은 시대에는 더더욱 편하지."

"어째서?"

"한국인으로 이루어진 킬러 조직은 없다는 게 공식 입장이잖아."

성공하면 흔적도 안 남고, 실패한다 해도 주변에 중국인의 흔적을 몇 개 남기면 된다.

애초에 중국인으로 가장해서 작업을 할 가능성이 높다.

워낙 그런 사건이 많으니까.

"그러면 경찰이 수사를 할 때 어디부터 뒤지겠어?"

"중국이겠네."

당연히 범인이 중국으로 도피했다고 판단할 것이다.

실제로 중국계 조직들이 가장 많이 쓰는 방식이니까.

"등잔 밑이 어둡다고 했어. 옆에서 멀쩡하게 증언하는 한국인이 범인이라고 생각하겠어?"

중국인처럼 어눌한 발음을 하는 사람을 봤다는 한마디만 나오면 경찰의 관심은 다른 쪽으로 향하는 것이다.

"더군다나 그들은 전과도 없을 테고, 증언 기록 같은 걸 남겼다가 다른 사건 때 비교하는 것도 아닐 테고."

물론 증언 기록이야 남지만 그건 어디까지나 그 사건 한정이지 비슷한 사건이 발생했을 때 다른 사건의 증인들까지 뒤지지는 않는다.

"그러니 도리어 저들은 안전할 수 있지. 다른 사람에게 뒤집어씌우기 쉬운 구조니까."

오광훈은 머리를 부여잡았다.

"으아아아! 염병할! 내가 진짜 어떻게든 법전은 외우겠는데 이 대가리 싸움은 못하겠다. 그냥 몽땅 두들겨 패면 안 되는 건가?"

"그러면 얼마나 편하겠니."

하지만 강력 범죄일수록 머리싸움은 더더욱 심해지기 마련이다.

"그러니까 익숙해져야지."

"아니야. 난 괜찮아."

그러면서 자신을 지그시 바라보는 오광훈의 표정에 노형진은 피식 웃었다.

"그건 나중에 생각하고, 저들을 잡을 생각을 해 보자고."

"어떻게? 우리가 접근하면 바로 튈 것 같은데. 거기에다 대가리가 누군지도 모르고."

"난 알 것 같은데."

"응?"

"전에 말했잖아, 선풍리는 임산업으로 사는 마을이라고."

"하지만 노친네들만 사는 곳이라 산에 안 갈 거라며?"

"그건 일반적인 경우지. 하지만 부모님들이 어디 자식들 말을 듣냐?"

대부분의 자식들은 부모님이 편하게 살기를 바란다.

하지만 노인들은 굳이 농사를 짓거나 산을 타면서 뭐라도 내다 팔려고 한다.

사실 그 가치를 보면 아주 보잘것없는데도 말이다.

"그러니 마냥 가능성이 없다고는 할 수 없지."

"그러면?"

"하지만 그들도 못 들어가는 곳이 있어."

"어디?"

"산 주인이 있는 곳."

산은 대부분 국가 소유다.

뭐가 나오는 것도 아니고 나온다고 해도 아주 큰 돈이 되는 것도 아닌 데다가 개발을 해도 아무런 소득도 없으니까.

"하지만 일반인이 가지고 있는 산이 없는 건 아니야."

그리고 그런 산은 아무리 임업에 종사하는 사람들이라고 해도 들어갈 수가 없다. 혹시나 거기에 들어가서 뭐라도 채취하려고 한다면 절도죄가 성립되기 때문이다.

"그래서 그 마을 주변의 땅을 좀 알아봤지. 총 세 개의 산이 주인이 있더라고."

그중 하나는 문중의 땅.

그리고 그 문중은 그 마을의 사람들이 상당수 속한 곳인지라 그들이 들어가게 열어 주고 있다.

"다른 한 곳은 산 반대쪽에 있는 별장촌 소유야."

그래서 반대쪽 산은 별장 주인들의 산책 코스로 개발되어 있다.

이쪽은 개발할 필요가 없어서 그냥 두고 있지만, 아무래도 이웃하고 있는 마을이다 보니 딱히 이쪽에서 산나물을 채취하거나 하는 것을 뭐라고 하지는 않는다.

도리어 거기서 나온 산나물을 싼 가격에 구입해서 입주민들이 나눠 먹는 식으로 서로 윈윈 전략을 쓰고 있었다.

"하지만 산 하나는 전혀 아니야."

'그랜드경호'라는 회사 소유의 산으로, 공식적으로는 그쪽에서 일종의 경호 훈련소를 가지고 있는 것으로 등록되어 있었다.

산 자체는 험하고 돌산이어서 나물도 거의 안 나오는 데다가 경비원을 두고 철저하게 막고 있어서 마을 사람들이 접근하지 못한다고 한다.

"이야기를 들어 보니 마을 사람들 네 명 정도가 몰래 거기서 채취를 하다가 절도로 고발당했다고 하더군."

그리고 합의금으로 300만 원이 넘게 뜯겼다고 한다.

"그런 마을은 소문이 빠르지."

당연히, 걸리면 300만 원이나 뜯기는데 거기로 가려고 하는 사람은 없다.

"그랜드경호?"

"그래. 너 경호 회사가 훈련소를 두고 있는 경우 봤냐?"

"못 봤지."

경호라는 것은 대부분 도심지에서 이루어진다.

산속에서 경호 작전을 할 가능성은 낮다.

물론 그러한 훈련을 하기 위해 대단위 단지를 만들 수도 있겠지만, 그렇게 하기에는 일단 산이라는 형태상 도심지와 맞지도 않고 그 정도 도심지 형태를 만들기에는 돈이 너무 많이 든다.

"그런데 왜 훈련 시설로 포장해서 굳이 그곳을 막아 두고 있을까?"

"으음……."

"거기에다 그 그랜드경호라는 곳 말이야. 재직 인원이 고 작 열두 명이야. 이해가 가?"

대단위 훈련 시설을 가지고 있는 회사에 재직 인원은 고작 열두 명. 수치상으로 말이 안 된다.

"아무래도 여러모로 의심스럽지?"

폭력 조직이 합법화를 꾀할 때 가장 많이 쓰는 방식이 바 로 경호 회사다.

물론 대부분 경호 회사의 탈을 쓰고 용역 깡패 노릇을 하 지만 말이다.

"그랜드경호라는 곳에 대해 영장이 나오겠어?"

"아무래도 힘들겠지."

노형진의 말에 오광훈은 고개를 흔들었다.

아무리 그 실체가 불분명하다고 해도 증거가 없다면 영장 이 쉽게 나올 리가 없다.

"거기에다 우리가 접근한다면 그들이 어떻게 움직일지도 모르고 말이야."

"그러면 어떻게 접근해?"

노형진은 씩 웃었다.

"이런 말이 있지. 도둑질을 하려면 경비견부터 재우라는."

이 산의 주인은 누구?

　작지만 험한 산. 그곳을 지키는 건 지루하고 재미없는 일이다.

　그리고 그러한 산을 지키는 사람이 많을 수는 없다.

　그들은 아무것도 없는 산을 순찰하면서 마을 사람들이 접근하지 못하게 하는 데 신경 쓴다. 그게 그들의 업무다.

　"그들이 사건에 연관되어 있을 가능성은 낮아."

　"어떻게 알아?"

　"그들은 상주하고 있는 직원들이잖아. 그런데 경비원이란 말이지."

　세 명이 그곳에 있는 작은 컨테이너에 상주하고 있다.

　그들은 다 나이가 지긋한 사람들이다.

"다들 정상적인 회사에서 근무한 기록이 있어. 기록대로라면 저들은 정년퇴직 이후에 저곳에 취업해서 산지기 역할을 하는 걸로 보는 게 맞지."

노형진은 그렇게 말하면서 뒤에 있는 설진만을 바라보았다.

"그리고 그런 자들에게 딱히 직업적인 자긍심이 있을 리가 없고."

물론 돈을 주거나 하는 식으로 그들을 꼬셔 낼 생각은 없다.

그랬다가는 저들이 사장에게 연락할 가능성도 있으니까.

"물론 사장도 존재하지 않는 듯하지만 말이야."

정확하게는 그 사장이라는 사람을 추적해 내는 데 실패했다.

척 봐도 그는 실존하지 않는 사람.

그러니까 명의를 빌려서 활동한다는 것을 알아내는 것은 어렵지 않았다.

"하지만 어떻게든 연락은 취하고 있을 거야."

그게 어떤 식인지는 알 수 없지만 말이다.

그렇지 않다면 마을 사람에 대한 고발이 진행될 리가 없고 300만 원이나 합의금을 받을 이유도 없으니까.

"그나저나 제대로 한 거 맞냐?"

"맞아."

오광훈이 고개를 끄덕거리는 그 순간 문이 벌컥 열리면서 산지기 세 사람이 나왔다.

"도대체 이게 뭔 일이야?"

"아니, 이거 어이가 없어서. 거참."

"다짜고짜 이게 뭔 일이야?"

그들은 툴툴거리면서 나와서 차량에 올라타면서도 계속 투덜거렸다.

"아니, 징계를 하려면 징계를 하든가."

"이게 뭐냐고."

"그러니까 더러워서 때려치우든지 해야지, 진짜!"

그들이 툴툴거리는 이유. 그건 회사에서 그들을 고발했기 때문이다.

정확하게는 고발당한 걸로 되어 있기 때문이다.

"고발이라……. 그건 전혀 생각도 못 했다, 흐흐흐."

오광훈은 노형진을 보며 혀를 내둘렀다.

노형진은 그들을 산에서 떼어 내기 위해 머리를 썼다.

하지만 그들을 한꺼번에 빼내는 것은 쉬운 일이 아니었다.

"우편으로 접수된 고소장은 효력을 발휘하니까."

뉴스에 나오는 고발자들은 대부분 직접 가서 고발을 하지만, 사실 고발을 할 때 신분을 기재한다면 우편으로도 할 수 있다.

노형진은 그랜드경호 회사의 직원으로 등록된 사람들의 신상 정보를 알고 있었다.

물론 그들은 다 명의만 도용당한 것일 테지만 말이다.

어찌 되었건 그들의 신상을 가지고 고소장을 우편으로 날리는 건 어려운 일이 아니었다.

죄목은 배임과 횡령.

그들이 산지기 노릇을 하면서 산에서 임의로 산나물 등을 채취했다는 것이었다.

물론 그들이 그걸 진짜로 했는지는 중요하지 않다.

중요한 건 그들이 동시에 자리를 비우는 거다.

"후배한테 한꺼번에 부르라고 했지."

예상대로 별거 아닌 사건, 잡범으로 취급된 사건은 연차가 낮은 검사에게 배당되었고, 오광훈은 그들을 한꺼번에 소환하라고 이야기를 해 놨다.

"회사에서 자신들을 고발했다는 사실을 알고 저들이 좋게 생각할 리가 없지."

만일 회사에 충성을 한답시고 돌아가면서 나가면 곤란하겠지만, 딱히 충성심도 없는 데다가 고발까지 당했으니 그들에게는 그럴 이유가 없었다.

그래서 그들은 기왕 가야 하는 거, 다 같이 갔다 오기로 결정한 것이다.

"간다."

세 사람이 툴툴거리면서 차를 타고 가는 것을 본 노형진은 오광훈과 설진만을 데리고 산으로 가기 시작했다.

"아무리 빨라 봐야 내일 오겠지만 그래도 느긋하게 움직일 일은 아니지."

지방이다 보니 아무래도 거리가 있다.

올라가서 조사를 받고 나면 밤일 텐데, 그들이 위험하게 밤 운전을 하면서 돌아올 가능성은 높지 않다.

애초에 고발을 했다는 것 자체가 해직을 기본으로 깔고 있는 행동이니까.

"아무것도 없네요."

"어찌 되었건 여기는 순찰 코스니까요."

만일 시신을 묻었다면 이 근처일 리가 없다.

"여기저기 돌아다니면서 일단 꿈에서 본 위치를 찾아봅시다. 혹시나 지형지물 같은 거 말해 줄 만한 거 있나요?"

"잘 모르겠습니다, 워낙 밤인지라."

밤이고, 나무밖에 없는 상황이었다.

그런 상황에서 산속에서 지형지물을 가지고 찾는 것은 불가능에 가깝다.

"흠……."

노형진은 잠깐 생각을 하다가 갑자기 발걸음을 멈췄다.

"어디 가?"

"아니, 문득 생각나는 게 있어서. 잠깐 기다려 봐."

노형진은 그들을 두고 다시 산지기들이 있던 컨테이너로 향했다.

그리고 그들의 컨테이너 뒤쪽에서 원하던 물건을 찾았다.

"빙고."

오래되어 보이는 삽이었다.

"여기서 경비원들이 삽을 쓸 이유는 없지."

그들의 임무는 말 그대로 여기를 지키는 거지 유지 보수하는 게 아니니까. 그럴 만한 것도 없고 말이다.

"그리고 시체를 가지고 오면서 삽까지 가지고 오기는 힘드니까."

매번 삽을 들고 다닐 수는 없는 노릇일 것이다.

그렇다고 실패할 때마다 삽을 살 수도 없고 말이다.

"만일 이걸 한 번이라도 썼다면……."

노형진은 삽을 손에 잡고, 눈을 감고 기억을 읽어 내기 시작했다.

'이건 아니야……. 이것도…… 이것도…….'

기억은 여러 개가 있었다.

하지만 대부분은 경비원들이 삽을 쓰는 장면이었다.

어찌 되었건 여기서 살다 보니 배수로 같은 걸 파거나 음식물 쓰레기를 파묻어 버릴 때 쓴 경우였다.

'여기도 아니고…… 여기도 아니고……. 빙고!'

노형진은 그렇게 하나씩 찾아보다가 환호를 내지를 뻔했다.

기억 속에서 드러난 어둠 때문이었다.

기억이 없는 게 아니었다.

그 삽을 든 사람이 밤에 산을 오르고 있었다.

"보스, 이 정도에서 처리하지요."

뒤에서 따라오는 남자들의 투덜거림.

삽을 든 사람은 몸을 돌려서 따라오는 남자들에게 한 소리를 했다.

"여기는 안 된다. 산세가 너무 평범해. 멍청한 경비원들이 여기까지 오지는 않겠지만, 산나물 채취하는 노인네들이 올 수도 있어."

"고소 먹여서 이제 안 오잖아요."

"만일에 대비해야지."

아마도 삽을 들고 올라가는 사람이 보스인 모양이었다.

뒤에는 세 사람이 더 있었는데, 그중 한 명은 몇 개의 삽을 가지고 있었고 두 사람은 번갈아 가면서 시체를 짊어지고 온 건지 땀으로 축축하게 젖어 있었다.

"에이, 씨발. 뒈지려면 좀 곱게 뒈지든가."

"막판에 그렇게 발악할 줄 알았냐?"

"입 좀 닥쳐. 내가 그러니까 확실하게 약 쓰라고 했지?"

"조합식이 너무 복잡해서……."

"미리미리 외워 두라고 했잖아! 그게 얼마나 귀한 약인데! 그걸 구하는 건 쉬운 일인 줄 알아? 까딱 잘못 섞으면 뒈지지도 않아. 대놓고 약으로 암살했다고 자랑하고 다닐래? 조합 제대로 못할 거면 네가 처먹고 뒈져!"

아마도 약을 이용해서 죽이려고 했다가 약의 조합이 엉성

해서 통하지 않자 싸움으로 흘러간 모양이다.

실제로 시체인 듯한 사람의 머리는 피로 얼룩져 있었다.

누군가 머리를 가격한 모양이었다.

'이 사람은?'

노형진은 그를 알아보았다.

혹시나 해서 동선을 추적하며 찾아본 실종자의 얼굴이었다.

그 당시에 결국 설진만은 아무것도 기억해 내지 못했지만 노형진은 이 얼굴을 기억해 냈다.

'두한건설과 싸우던 그 사람 아냐?'

지방에서 재건축을 하게 되었는데 그곳과 관련해서 싸우던 사람이 실종된 적이 있었다.

그 당시 두한건설은 그 재건축에 사활을 걸고 있었다.

상황이 워낙 안 좋았기 때문이다.

아이러니하지만 그건 노형진 때문이었다.

노형진이 일본의 방사능 자재가 넘어온 걸 알아내서 해결한 사건이 있었는데, 두한 역시 그 자재를 대량으로 사다가 써먹었던 것이다.

그로 인해 두한은 그 자재를 쓴 아파트들을 모조리 밀어버려야 했고, 그로 인해 두한건설은 휘청거려야 했다.

그 와중에 당장 돈이 나올 만한 곳은 그 공사밖에 없었다.

그런데 그때 그 재건축을 반대하던 남자가 술을 마시고 실종되어서 두한건설이 어렵지 않게 그 공사를 수주했고, 그래서 부도는 면할 수 있었다.

"망할 두한 놈들, 언제까지 이딴 일을 시킬는지."

"아가리 좀 닥쳐, 이 새끼야."

부하의 말에 보스는 눈을 찌푸리며 말했다.

"그 새끼들이 주는 돈은 모조리 룸살롱에 가져다 바치는 새끼들이 불만은 많아서. 돈 받았으면 받은 대로 닥치고 일해."

'이렇게 된 거군.'

이야기를 들어 보니 대충 상황이 그려지기 시작했다.

이들은 킬러가 맞았다.

하지만 랜덤하게 의뢰를 받아서 일하는 그런 킬러는 아니었다.

다름 아닌 두한과 일하는, 아니 두한 아래에서 일하는 놈들이었던 것이다.

'그렇지. 두한은 암살을 하고도 남을 놈들이지.'

실제로 노형진을 죽이려고 했고 다른 살인도 시도하려고 했던 놈들이다.

만일 암살을 해 본 적이 없다면 그런 선택을 쉽게 할 리가 없다.

'그리고 시기가 맞아.'

노형진을 암살하려고 했던 두한.

그런데 그 시기는 묘하게 설진만이 기억을 잃어버린 시기와 겹친다.

그러면 두한이 외부의 인력을 쓴 것도 이해가 간다.

잘 써먹던 카드가 갑자기 사라졌으니, 무리해서라도 외부의 세력을 쓸 수밖에 없었을 것이다.

'두한의 어두운 칼.'

노형진이 그렇게 생각하는 사이에 어둠 속에서 네 사람은 천천히 산을 올랐다.

노형진은 최대한 어둠 속의 지형지물을 기억해 내며 길을 외우려고 노력했다.

"이쯤이 좋겠다."

한참을 올라간 보스는 진짜 누구도 오지 않을 법한 곳에 멈춰 섰다.

"여기요? 여기 완전히 돌밭인데요."

"그러니까 여기지, 멍청한 새끼야. 여기는 돌밭이라 노인네들이 채취할 만한 게 없잖아."

"전에 거기는 안 됩니까?"

"이런 병신 새끼야, 그러다 시체가 걸리면? 한꺼번에 시체가 튀어나오면 짭새들이 참 좋아하겠다. 이렇게 멀리멀리 두면 걸려도 우리가 입만 다물면 괜찮아."

그러면서 삽질을 시작하는 보스.

다른 부하들도 시체를 내팽개치고 땅을 파기 시작했다.

"1미터 이상 파. 안 그러면 산짐승들이 파낼 수도 있어."

"이 돌산을요?"

"아니면 평생 감방에 들어가 있든가."

보스의 말에 군소리 없이 다시 삽질을 이어 가는 부하들.

그러는 사이 동이 터 왔고, 보스는 흐르는 땀을 닦으면서 뒤로 물러났다.

"물."

"네, 보스."

그는 부하가 건넨 물을 마시고는 품을 뒤적거리더니 뭔가를 꺼냈다. 꺼내 보니 담배와 지포라이터였다.

반짝이는 은색의 지포라이터.

"난 좀 쉬어야겠다. 깊이는 그 정도면 되니까 이제 묻어."

"네, 보스."

그렇게 말한 보스는 담배를 꼬나물고 불을 붙이기 위해 지포라이터를 켰다.

그리고 은색으로 반짝이는 라이터의 불빛에 그 보스의 얼굴이 비쳤다.

'어?'

노형진은 당황할 수밖에 없었다.

지포라이터에 나타난 그 모습은 다름 아닌 설진만이었기 때문이다.

'이런 뭐 같은 경우가.'

노형진은 자신도 모르게 입을 쩍 벌렸다.

"뭘 그렇게 생각해?"

"아니, 좀 생각할 게 있어서 그래."

노형진은 산을 타면서 설진만을 바라보았다.

'어이가 없네.'

처음에는 그가 조직에서 중요한 멤버일지도 모른다고 생각했다.

'뭐 이런 황당한 경우가.'

하지만 결론적으로 시체를 처리하는 말단일 거라고 생각했는데, 보스라니.

'하긴, 그런 살인 조직이 규모가 클 리가 없지.'

시체가 발생하는 것은 결국 가끔이다.

작전이 성공하면 시체도 발생하지 않는다.

그러니 따로 청소부를 둘 이유가 없다. 정부 조직도 아니고 말이다.

"어, 여기! 여기입니다! 이 나무옹이, 분명 꿈에서 봤어요!"

복잡한 노형진의 마음을 아는 건지 모르는 건지, 설진만은 시체를 묻은 근처 나무를 알아보고 흥분했다.

"분명 여기 이 자리입니다. 여기에 시체를 묻었어요!"

'이거 뭐라고 해야 하나?'

정확한 위치를 지적하는 설진만을 보면서 노형진은 긴 한숨을 쉬었다.

"일단 여기를 파 보자."

"우리끼리?"

"조용히 땅을 팔 최소한의 사람만 필요해. 만일 잔당이 알아채면 어쩔 건데?"

"그렇기는 하네."

노형진의 말에 오광훈은 눈을 찌푸리며 삽을 잡았다.

⚖️

시체를 찾는 것은 어려운 일이 아니었다.

위치는 정확했으니까.

그렇지만 그 이후가 문제였다.

이걸 경찰에 알리고 수사가 개시되는 순간 부하들은 모조리 도망갈 테니까.

정작 그들의 신상에 대해 알고 있는 설진만은 그들에 대한 기억을 모조리 잃어버렸다.

"제가 보스라고요?"

설진만은 당황스러움을 넘어서 얼굴이 사정없이 일그러졌다.

자신이 보스일 거라고는 전혀 예상하지 못했으니까.

"네, 그러면 살인을 직접 하지 않은 부분도 설명이 되지요."

보스였다면 굳이 설진만이 직접 손을 쓸 이유 또한 없었을 것이다.

"내가…… 내가 보스라니……."

설진만은 충격을 받은 듯 고개를 숙였다.

군대를 갔다 오고 나서 수십 년. 그사이에 도대체 얼마나 큰일이 있었기에 그가 살인을 하는 킬러 조직의 보스가 되었단 말인가?

"저는…… 자수를 하겠습니다. 설사 제가 기억을 못 한다고 해도……."

그가 얼마나 많은 살인을 했는지 알 수는 없다.

그가 꿈에서 묻은 사람은 서른 명이다.

하지만 사고사나 병사를 전문으로 하는 조직이라면 그 이상, 최소한 다섯 배 이상의 살인을 했을 것이다.

생각해 보면 두한이 문제가 생길 때마다 의문사가 많았다.

물론 대부분의 사건은 사고로 처리되었다.

"문제는 부하들을 잡는 거군요."

"부하들을 추적해서 잡으실 생각입니까?"

"그래야지요."

일단 살인으로 돈맛을 본 놈들이다.

그놈들이 설진만이 없다고 해서 멈출 것 같지는 않았다.

"그러면 제가 미끼가 되겠습니다. 제가 부르면 나오겠지요."

노형진은 고개를 흔들었다.

"아직은 아닙니다. 좀 더 작전을 짜야 합니다."

"네? 어째서요?"

"기억상실의 이유를 대충 알 것 같거든요."

"기억상실의 이유요?"

"네."

노형진의 기억에서 분명 그들은 약 이야기를 했다.

아마도 그 당시 암살 대상이던 남자의 살인 계획은 약으로 자연스럽게 심장마비 같은 걸 불러일으키는 것이었을 것이다.

하지만 그게 실패하고 직접적인 싸움이 벌어졌고 말이다.

"아마도 기억을 잃어버린 이유가, 보통 사고사를 위장하기 위해 쓰던 약이 잘못된 것이었을 가능성이 높습니다."

노형진이 읽어 낸 기억 속에서 설진만은 좋은 보스는 아니었다. 혼내는 것도 그렇고, 제대로 알려 주기보다는 윽박지르는 스타일이었다.

더군다나 적당히 땅을 파고 나서는 삽을 집어 던지고 쉬었다.

즉, 부하에게 일을 떠넘기는 스타일이었다.

"부하들이 살인에 익숙하고 막나가는 놈들이라면 설진만 씨가 마음에 들 리가 없지요."

그리고 어느 정도 일을 배웠다 싶자 다른 생각을 했을 것이다.

어차피 모든 일을 자신들이 한다면, 보스를 제쳐 버리자고.

못해도 설진만이 50%는 가지고 갈 테니까.

"약의 부작용 때문에 기억을 잃어버리는 경우도 의외로 많습니다."

부하는 설진만을 죽이기 위해 약을 조합했을 것이다.

하지만 그쪽으로는 허술했던 부하가 제대로 조합을 하지 못했다면, 설진만은 죽지 않는 대신 그 부작용으로 기억을 잃어버렸을 수도 있다.

"단순히 약 때문에요?"

"인간의 뇌는 여전히 미스터리한 부위니까요."

중국에서는 폭염에 뇌가 익어 버린 사람이 기억상실에 빠진 경우도 있다.

어떤 식으로 어떻게 작용하는지 알 수 없는 약이 기억상실을 불러일으켰을 수도 있는 것이다.

"소위 물뽕이라고 하는 약도 부작용이 기억상실입니다."

그래서 물뽕이 데이트 강간 약으로 쓰이는 것이다.

누구와 만났는지 기억하지 못하니까.

"문제는 그들을 잡는 게 아닙니다."

사실 설진만이 살아 있고 그가 미끼가 되어서 부하들을 부른다면, 그들은 어찌 되었건 나올 수밖에 없다.

설진만을 설득해서 다시 한번 조직을 만들 수도 있고, 이번에야말로 확실하게 설진만을 죽일 수 있는 기회이니 말이다.

"하지만 진짜 핵심은 설진만 씨가 죽인 사람들이지요."

그가 얼마나 많은 살인을 했는지 알 수가 없다.

설사 부하들을 잡는다고 해도, 인생이 걸려 있는데 그들이 그에 대해 실토할 리가 없다.

"실질적으로 우리가 알아낸 살인은 고작 한 건뿐이니까요."

그마저도 지금 쉬쉬하면서 비밀리에 움직이고 있다.

"다행인 것은 설진만 씨가 보스라는 겁니다."

"네? 어째서요?"

"설진만 씨가 그랜드경호 회사의 보스라면, 그곳을 팔 권한도 설진만 씨에게 있다는 거거든요."

생각해 보면 산지기 세 사람이 툴툴거리면서 조사를 받으러 간 것도, 설진만이 사라졌기에 가능한 일이었을 것이다.

그들이 아는 보스는 설진만일 게 뻔한데 정작 설진만은 기억을 잃어버렸으니까. 당연히 그들이 연락을 하려고 했다고 해도 연락할 방법이 없었을 것이다.

"그들이 진술한 사장의 휴대폰 번호를 추적했더니 대포폰이더군요."

그러니 그들이 아무리 노력해도 설진만과 연락이 될 리가 없었던 것이다.

"그러면 제가 뭘 어떻게 해야 합니까?"

"그게 문제입니다."

부하들을 잡는 건 어려운 일이 아니다.

하지만 그들을 잡아 봤자 기소할 수 있는 건수는 한 건.

더군다나 설진만이 주범인데 기억을 잃었다면 그들은 종범 정도로 처벌을 받을 테고, 대부분 쉽게 풀려날 것이다.

"그러니 확실하게 하기 위해서는 다른 살인을 했다는 자료가 필요합니다."

그들은 두한의 칼로 움직였다.

그러니 그 약점을 증명할 수 있는 무언가가 필요했다.

"하지만 기억에는 그런 게 없는데……."

"기억은 불확실하니까요. 하지만 제가 아는 모든 칼들은 저마다 뭐가 됐든 무기를 쥐고 있더군요."

사람을 죽이기 위한 무기가 아니다.

영화에 나오는 말처럼, 너무 많은 걸 아는 탓에 죽을 수도 있는 더러운 세계다.

특히나 살인까지 불사하는 두한이라면, 사냥개 한두 마리 정리하는 것은 어려운 일이 아닐 것이다.

킬러들, 특히나 사냥개들은 그걸 잘 알기에 최악의 경우 그런 걸 증명할 수 있는 걸 한두 개씩 쥐고 있는데, 당장 기억 속에서도 설진만은 사람을 믿는 그런 타입은 아니었다.

"결국 두한을 잡기 위해서는 그들이 아니라 그들이 알고 있는 걸 찾아내야 합니다."

"하지만 어떻게요? 그들이 그걸 증명하려고 할까요?"

"경찰이 끼었다면 아니겠지요. 하지만 그렇지 않은 경우라면 상황이 달라집니다. 아까 불러내서 잡자고 했지요? 그건 안 됩니다. 하지만 불러내서 도피하는 거라면 상황은 달라지지요."

노형진은 눈을 반짝거렸다.

⚖️

"미안하다. 이름이…….”
설진만이 그들을 불러내는 것은 어려운 일이 아니었다.
　그는 한때 보스였고 살아 있음으로써 그들의 경계를 잔뜩
세우도록 했으니까.
　더군다나 그 이후에 검찰과 변호사를 만나면서 그들이 긴
장하게 만들었으니까.
"보스, 저희 기억 못 하십니까?"
　불러서 왔는데 기억을 못 하자 부하들은 당황한 표정이었다.
　물론 최악의 경우 담글 생각도 했지만, 만나자고 한 곳이
하필이면 사람이 많은 곳이었다.
"사실은 기억이 안 나. 그것 말고도 여러 가지.”
"네?"
"어째서요?"
　그들은 애써 태연하게 물었다.
　하지만 도리어 그게 실수였다.
　이런 경우라면 당황했어야 정상이니까.
　하지만 이미 설명을 들은 설진만은 애써 거짓말을 했다.
　정확하게는 거짓을 섞은 진실을 이야기한 거지만.

"기억상실이라더라. 아무래도 두한에 당한 것 같다."

"두…… 두한에요?"

"그래."

두한이라는 말에 부하들의 눈이 다들 격하게 떨렸다. 자신들이 했는데 설진만은 그걸 기억을 못 하고 있기 때문이다.

"미안하다. 기억이 확실하지 않아. 병원에서 기억상실 진단을 받았다. 그래서 기억을 찾으려고 변호사랑 검사도 좀 만나고 다녔다. 근데 조금씩 기억이 돌아오니, 병신 같은 짓을 했다는 걸 깨달았어."

"그런데 왜 갑자기 기억상실이 된 겁니까?"

"그 부분은 기억이 안 나. 하지만 두한 놈들이 뒤통수를 친 거겠지. 그게 아니라면 이유가 없어."

그가 두한을 범인으로 몰아가자 부하들은 격하게 고개를 끄덕거렸다.

여기서 자신들이 했다고 말할 수는 없으니까.

"그러니까 계획대로 정리하고 중국으로 건너가야겠다."

물론 중국으로 넘어가려는 계획이 있었는지는 알 수가 없다.

하지만 노형진은 당연히 중국으로 넘어가는 계획을 짰을 거라면서 그 부분을 공략하도록 했다.

"기억하고 계시는군요?"

"아직 간간이 조금씩만 기억이 나는 수준이야. 일단 중국 쪽으로 가는 계획은 기억나는데, 문제는 우리가 여기서 물러나면 좋 된다는 거야. 무슨 뜻인지 알지?"

"네. 아마도 중국으로 사람을 보내서 우리까지 죽이려고 하겠지요."

눈을 데굴데굴 굴리는 부하들.

"그러니까 우리가 가더라도 조용히 가면 안 된다. 안전장 치를 가지고 가자. 그래야 우리를 추적 못 해."

"보스, 진심이십니까?"

"그래, 진심이다. 내가 미쳤다고 다 버리고 맨몸뚱이로 중 국 갈 생각이겠냐? 나야 모은 돈이 있지만 너희는 없을 거 아냐? 버는 족족 룸살롱에서 뿌려 댔잖아?"

부하 네 명은 사정없이 눈을 찡그렸다.

보스가 그들을 무시할 때마다 하는 말이었으니까.

물론 노형진이 기억에서 읽은 말이었지만.

"확실하게 기억이 나시는 건요?"

"의사 말로는 천천히 기억이 돌아올 거라고 하더라. 그런 데 그때까지 기다리다가는 아무래도 오래 못 살 것 같다. 그 러니까. 바로 튈 준비 하자."

"네, 보스."

그들은 그렇게 답하는 것 외에는 아무 말도 할 수가 없었다.

"그래서 말인데, 바로 아지트로 가자."

"아지트요?"

"그래. 내가 지금 아지트를 기억하지를 못해서 말이지."

그들은 눈을 반짝였다.

"바로 가시겠습니까, 보스?"

"아니. 바로는 안 되고 내일 가자. 오늘 검사랑 약속이 있어서."

"네? 검사랑요?"

살짝 눈이 떨리는 부하들.

그러자 그런 그들을 보면서 설진만은 손을 흔들었다.

"아니, 그런 거 아니야. 기억이 돌아오기 전에 잡은 약속이야. 그런데 별안간 약속을 깨면 의심할 거 아냐? 재수 없어서 출국 금지라도 걸리면 우리 좆 되는 거야. 그러니까 만나서 적당히 둘러대야지."

"아! 무슨 뜻인지 알겠습니다, 보스."

부하들은 고개를 끄덕거렸고, 설진만은 그들에게 주소 하나를 건넸다.

"내일 아침에 여기로 나 픽업하러 와."

"알겠습니다, 보스."

"일단 나 먼저 중국으로 가고, 너희들도 정리하고 오는 거다. 알았지?"

"네, 보스."

"내일 아침에 보자."

설진만은 그들을 먼저 보내고 택시를 타고 정해진 호텔로 향했다.

그의 방에서는 노형진이 기다리고 있었다.

"말씀하신 대로 했습니다. 이제 그들이 어떻게 할까요?"

"뻔하죠. 두한에 보고할 겁니다."

"솔직히 그게 확실한지 모르겠습니다."

"확실합니다."

아무리 보스를 미워했다고 해도, 지금까지 그들을 이끌던 사람이다.

"그들은 돈이 별로 없습니다. 그런 상황에서 보스가 죽으면, 까딱 잘못하면 두한과의 선이 끊어질 수도 있겠지요."

하지만 그들은 서슴지 않고 약을 썼다. 그게 의미하는 것은 하나뿐이다.

"이미 두한과 어느 정도 교감이 있다는 거죠."

범죄 조직에서 하급자가 상급자를 죽인다는 것은 그 자리를 차지하기 위해서일 수밖에 없다.

"그리고 이 경우 그들의 선택은 두 가지이지요."

진짜로 그를 은신처로 데려가지는 않을 것이다.

"아니, 은신처일 수도 있지요. 하지만 다시 돌아오게 할 생각은 조금도 없을 겁니다."

거기서 제대로 죽이려고 할 것이다.

"운이 좋다면 거기가 진짜 은신처일 테고, 그곳에 비밀이 있을 수도 있겠지요."

하지만 운이 나쁘더라도, 그들이 그곳에서 이빨을 드러낼 것은 뻔하다. 그곳에서 그들을 속여서 녹취록을 구할 수 있다면 두한을 압박하기 쉬울 것이다.

"그리고 어느 쪽이든 그들에게 죽은 사람을 추적할 수 있게 되겠지요."

노형진은 그렇게 말하면서 설진만의 손을 잡았다.

"그리고……."

"압니다. 그런 경우 저도 처벌을 못 피한다고요."

그는 눈을 살짝 찡그렸다.

"하지만 그게 제가 속죄할 방법이라면, 해야지요."

노형진은 그런 그를 보면서 기분이 묘해졌다.

분명 같은 사람인데 한쪽은 살인을 서슴없이 하고, 다른 한쪽은 기억도 못 하는 살인에 고통스러워한다.

'도대체 어느 게 본성인지 알 수는 없지만.'

중요한 것은 그가 어떻게 해서든 스스로 사건을 되돌리고 싶어 한다는 거다.

"내일 움직이실 때는 저희가 추적할 겁니다. 그러니 걱정은 하지 마시고요."

노형진의 말에 설진만은 고개를 끄덕거렸다.

⚖️

다음 날 아침 부하 네 명은 예상대로 차를 끌고 설진만을 데리러 왔다.

"이게 뭐냐?"

"형님이랑 같이 가려고 가지고 온 겁니다."

"자식들."

설진만은 봉고 뒤쪽에 실려 있는 커다란 캐리어를 보고 미소를 지었다.

하지만 직감적으로 알았다, 만일 일이 틀어진다면 저기에 들어가는 건 짐이 아니라 자신이 될 거라는 것을.

"가자. 어서 여기를 뜨자. 두한 쪽은 눈치챈 거 없지?"

"없습니다."

"그래. 가능하면 빨리 정리하고 한국을 뜨자."

그리고 그들 사이에서는 침묵만이 흘렀다.

애초에 부하들은 별로 말을 하고 싶지 않은 것 같았고, 설진만 역시 자신이 전혀 기억하지 못하는 자들 사이에 있기에 말하기도 싫었다.

그렇게 그들이 달려간 곳은 도심지에서 한참 떨어진 별장지였다.

"여기가 우리 아지트였나?"

설진만은 차에서 내리면서 눈을 찌푸렸다.

직감적으로 아니라는 사실을 알아차렸기 때문이다.

아지트였다면 사람이 살았던 흔적이 있어야 한다.

하지만 별장은 너무 깨끗했다. 사람이 살았던 흔적이 없다.

사람이 오랫동안 살아온 공간과 가끔 와서 쉬고 가는 공간은 전혀 다르다.

"형님, 죄송합니다."

설진만이 고개를 돌리자 부하들이 품에서 사시미 하나씩 꺼내서 다가오고 있었다.

"너희들?"

설진만은 눈을 찌푸렸다.

첫 번째 계획이 틀어졌기 때문이다.

하긴, 그렇게 된다면 좋았겠지만 애초에 큰 기대는 하지 않았다.

"두한에서 시켰냐? 설마 나한테 약 먹인 게 너희들이었나?"

"형님이 자꾸 손 씻으려고 하셨잖습니까?"

"그건……."

"형님, 아니, 당신이야 벌 만큼 벌었지. 하지만 우리는 뭐냐고. 우리는 개털이잖아."

이를 악문 부하들은 말도 반말로 바뀌었다.

"그냥 약 처먹고 심장마비로 가지 그랬어. 그러면 조용하게 넘어갔잖아. 더러운 꼴 안 보고."

"너 이 새끼들……."

설진만은 이를 악물고 부들부들 떨었다.

기억에도 없지만 몸은 배신감을 느끼고 있었다.

"이러고도 너희가 멀쩡할 수 있을 줄 알아? 두한에서 너희를 가만둘 것 같아?"

"그야 모르지. 하지만 그건 아직 먼 미래 이야기야. 그때까지 우리가 적당히 돈 벌어서 손 털면, 그쪽도 안 건드릴 거야."

"이런 쌍놈의 새끼들."

설진만은 말을 하며 부들부들 떨었다.

"너희가 그런다고 두한의 명령으로 죽은 수십 명의 사람들에 대한 죄가 사라지는 건 아니다."

"수십 명 죽였는데 한 명 더 죽이는 게 어때서? 차라리 당신을 죽이는 게 속 편하지. 우리 뒤통수를 칠 인간은 사라지니까."

"긴말은 하지 말자. 이제 우리는 서로 긴말 안 할 사이인 것 같으니까."

그들은 더 이상 기다리지 않고 일을 처리하기 위해 다가오기 시작했다. 하지만 다음 순간 설진만이 가슴을 풀어헤치자, 당황할 수밖에 없었다.

"찌를 거면 찔러 봐, 이 새끼들아."

"그건……?"

"내가 전혀 예상도 못 하고 온 줄 알아?"

설진만의 옷 안에 감춰져 있었던 건 다름 아닌 방검복이었다.

아니, 사실 방검복만 입었다면 문제는 안 된다.

어차피 숫자는 이쪽이 많고, 설진만은 무장도 없는 데다가 킬러인 이들에게 죽일 방법은 무궁무진하니까.

하지만 문제가 되는 건 그 방검복 위에 붙어 있는 마이크였다.

"덤벼, 이 새끼들아!"

설진만은 발악하듯 외쳤다. 자신에 대한 혐오가 극단으로 치달았다. 차라리 저들이 여기서 자신을 죽여 줬으면 싶었다.

"덤비라고, 이 새끼들아!"

"이런 썅!"

상황을 알아차린 부하들은 눈을 데굴데굴 굴렸다.

물론 죽일 수도 있다. 하지만 이 상황을 누가 듣고 있을지는 뻔하다. 여기서 보스를 죽인다고 해도 바뀌는 것은 없다.

아니, 그런 게 중요한 게 아니었다.

앵앵!

멀리서 들려오는 소리.

부하들은 손을 바들바들 떨었다.

자신들이 나불거린 모든 말들. 그게 생각난 거다.

"이런 쌰앙!"

한 명이 발작하듯이 설진만에게 달려들었다.

하지만 이내 그는 바닥을 나뒹굴어야 했다.

"경찰에서 좋은 거 많이 쓰더라, 씨발 새끼들아."

설진만의 품에서 나온 건 원거리에서 쏘는 전기 충격 총이었다.

"애초에 날 죽일 생각이었으면 몸부터 수색했어야지."

그가 다른 하나를 꺼내서 조준하고 부하들이 엉거주춤 움직이지 못하는 사이에 경찰이 달려들었다.

"꼼짝 마! 경찰이다."

부하들은 몰려드는 경찰을 보고 무기를 바닥으로 떨궜다.

⚖️

"이런 경우는 처음입니다만."

노형진은 설진만이 최대 형량을 받게 하기 위해 노력했다.

하지만 상황은 웃기게 돌아갔다.

"검사가 설진만 씨의 정신이상을 들고나왔습니다."

"제 정신이상을요?"

"네."

노형진은 씁쓸한 표정으로 말했다.

"정확하게는 저와 검사의 입장이 바뀌었습니다."

검사는 설진만이 정신이상이라면서 낮은 형량을 주장하고, 노형진은 설진만의 진술을 가지고 사건을 수사해 달라고 요청하고 있었다.

"하지만 답은 나와 있는 것 같습니다."

"왜 그런 일이……. 아니…… 알 것 같네요."

두한이다.

그들이 모든 걸 덮기 위해 움직이기 시작한 것이다.

"애초에 두한이라고 할 만한 증거도 없으니까요."

증거는 오로지 녹음된 내역 하나뿐이다.

"그리고 검찰은 그 유일한 증거를 잃어버렸지요."

"허."

물론 증거를 잃어버리는 사고가 종종 일어나긴 한다. 하지만 이번처럼 거의 유일한 증거가 사라지는 경우는 거의 없다.

"아마도 설진만 씨는 정신이상으로 판정 날 겁니다. 그리고 정신병원으로 가게 될 겁니다."

"하지만 살인이……."

"그게 문제죠."

자신들이 찾은 시신은 하나뿐이었다.

그리고 그 사건에 대해 부하들은 입을 다물고 있다.

"그 산을 뒤지면 시신이 많이 나올 텐데요? 들으셨잖습니까? 수십 건입니다, 수십 건!"

"그건 그들이 죽였다고 주장하는 거고요."

정작 대부분의 사건은 사고사로 처리되었다. 극히 일부만 그곳에 묻혔다.

"그리고 아직 영장이 안 나왔습니다."

"네? 그게 무슨 말입니까?"

"이 사건이 오 검사가 아닌 다른 검사에게 배당되었습니다."

그리고 그 검사는 시간을 끌면서 아직 수색영장을 청구하지 않고 있다.

"아마 지금쯤이면 숨겨졌던 시신들은 다른 곳으로 옮겨졌을 겁니다."

설진만은 고개를 푹 숙였다.

자신이 저지른 죄에 대해 스스로 벌을 받고자 했다. 스스로 기억하지 못해도 말이다.

그런데 그것마저도 불가능해졌다.

"일단 이 사건에 대해서는 어디에서도 소문이 돌지 않고 있습니다. 지난번 사건처럼요."

두한에서 중소기업을 대상으로 주식 사기를 쳤던 사건.

그들은 그런 식으로 돈을 벌어서 로비 자금으로 썼었다.

"그리고 그 로비가 아직은 충분한 힘을 발휘하고 있네요."

분명 이런 식으로 증거를 분실하는 것은 심각한 문제다.

"하지만 제가 장담하죠. 그 검사는 영전할 겁니다."

분명 징계 사유인데도 말이다.

징계는 기껏해야 감봉 정도로 끝날 테고 말이다.

"그러면 다른 방법이 없습니까?"

노형진은 고개를 끄덕거렸다.

"하지만 더 이상 피해자가 생기지 않도록 할 수는 있습니다."

"어떻게요?"

"통화 내역이지요. 저 역시 예상했던 일이니까요."

이건 두한에서 어떻게 해서든 막으려고 했을 사건이다. 물론 어떤 방식을 쓸지는 몰랐지만, 어찌 되었건 막아 가고 있었다.

"그들은 설진만 씨가 가지고 있던 핸드폰을 확인하지 않았더군요. 아니, 확인은 했겠지만 방법이 없었겠지요."

노형진은 두 개의 대포폰을 사서 하나는 설진만에게 주고 다른 하나는 자신이 가지고 있었다.

그리고 현장에 도착하고부터 해당 핸드폰은 계속 통화 중 이었다. 당연하게도 통화 내역은 녹음되고 있었다.

"다만 이건 증거로는 못 씁니다."

"내용은 똑같지 않습니까?"

"애석하게도, 그렇다고 해도 법이 그렇습니다."

당사자가 녹음을 한 거라면 불법적인 녹취록이 아니다.

하지만 이건 당사자가 녹음한 게 아니라 제삼자가 녹음한 거다. 현장에서 있었던 일을 전화기로 바로 녹음했다고 해도 어찌 되었건 불법적인 녹음 파일이고 현행법상 증거로 인정 받을 수 없다.

"하지만 이걸 뿌리면 두한이 같은 짓을 할 수가 없게 됩니다."

그들이 청소 팀을 운영하는 것이 이미 널리 알려진 후일 테니까. 안 그래도 불리한 두한은 이번 사건으로 더더욱 불 리한 상황에 처할 것이다.

"하지만……."

노형진은 설진만을 바라보았다.

두한은 집요하다. 끝까지 보복을 하는 놈들이다.

"어차피 죽겠지요."

그런데 의외로 설진만이 웃으며 말했다.

"그들이 저한테 할 수 있는 복수가 그것 말고 뭐가 있겠습니까? 당분간은 어쩌지 못하겠지만, 결국 죽기는 할 겁니다. 저 같은 팀을 두한이 더 운영하지 않을 거라는 보장은 없으니."

모든 것을 포기한 눈빛이었다.

그리고 그 안에는 자신에 대한 극단적인 혐오가 가득했다.

"제 나머지 죗값은 지옥에 가서 받도록 하겠습니다."

⚖️

얼마 후 노형진은 생각지도 못한 소식을 들었다.

"설진만 씨가 자살했다고?"

"그래. 구치소에서 조사 중에 유서를 쓰고 자살했어."

"도대체 간수들은 뭐 한 거야?"

"철저하게 준비를 해서 한 모양이야."

구치소에서 모두가 잠든 사이에 미리 준비한 날카로운 돌 조각으로 화장실에서 손목을 그었다고 한다.

그리고 화장실에 가기 전에 자신의 짐으로 자는 것처럼 꾸며 놔서, 간수와 방의 다른 죄수들도 몰랐다고 한다.

"유언은?"

"나머지 죗값은 지옥에서 받겠다고."

노형진은 눈을 찌푸렸다.

"타살일까?"

"아닐 거야."

자신과 만났을 때 마지막으로 했던 말을 남기고 자살했다.

그걸 다른 사람이 들었을 수는 없으니 결국 자살이 맞다.

그는 자신의 말을 지키기 위해 자살한 것이다.

스스로 지옥으로 가기 위해서.

"후우."

노형진은 한숨을 쉬며 머리를 쓸어 넘겼다.

결국 그들은 녹음 파일을 인터넷에 뿌렸다. 물론 예상대로 그건 불법 녹음이라서 증거로도 쓸 수가 없었다.

"진실도 가려졌고 말이지."

두한의 힘은 어마어마했다. 졸지에 그 녹음 파일은 조작된 파일로 소문이 퍼졌다. 그리고 빠르게 인터넷에서 삭제되고 있었다.

"하지만 영원히 지워지지는 않을 각인이지."

언젠가 두한이 힘이 빠지는 순간, 그 파일은 다시 고개를 들 것이다.

"그리고 그때 그 파일이 두한의 마지막 숨통에 쐐기를 박아 주겠지."

노형진은 이를 빠드득 갈았다.

"그때를 기다린다. 당분간은, 말이지."

하지만 노형진은 그걸 그렇게 오래 기다리고 싶지 않았다.

천황 폐하 만세?

　대룡의 일본 공략은 순차적으로 이어지고 있었다.

　대동은 내전으로 혼란스럽고, 문화는 조금씩 잠식되어 가고 있으며, 정치 지망생들은 눈에 불을 켜고 선거에 대한 홍보를 하고 있었다.

　"저 애들은 한국이 없었으면 도대체 어떻게 살았을까요?"

　"그러게 말이야. 일본이 한국을 좋아하는 건지 싫어하는 건지 도무지 이해가 안 간단 말이지."

　유민택과 노형진은 일본 방송을 보면서 혀를 끌끌 찼다.

　일본의 방송에서는 한국의 홍안수 대통령이 얼마 전 만난 미국 대통령과 대화를 하면서 헛기침을 한 횟수와 그와 관련된 심리를 분석하고 있었다.

"일본 시사 프로의 30%가 한국 이야기라고 하더군."

"그럴 수밖에 없을 겁니다. 일본의 방송은 자국 내 정치적인 문제에 대해 언급하는 것을 거의 용납하지 않으니까요."

그렇다 보니 자국 내 문제에 대해 말할 수는 없다.

하나 그렇다고 아예 시사 프로를 만들지 않을 수도 없는 노릇이다.

"결국 만만한 게 우리라는 거죠."

미국을 까자니 미국과 최우방이라고 주장하는 일본 정부의 심기를 건드릴까 겁난다.

그래서 그들이 가장 만만한 나라를 고른 것이다.

한국과 중국 말이다.

애초에 중국과는 사이가 안 좋고, 한국 역시 좋은 편은 아니니까.

"이러다가 우리나라 대통령이 방귀 뀌는 것에 대한 세계정세 토론 같은 걸 하는 건 아닌지 모르겠군."

"그럴지도 모르겠군요, 후후후."

노형진은 유민택의 말에 웃으며 답했다.

"그나저나 저 황당한 방송을 같이 보자고 저를 부르신 건아닐 테고, 다른 이유가 있으신 것 같은데요. 대동의 내전에 문제가 생긴 겁니까? 지금은 딱히 문제가 없어 보이는데요."

현재 대동의 내전은 일종의 휴전 상태였다.

서로가 너무나 치열하게 싸운 나머지 힘이 빠졌기 때문이다.

"이대로 찢어질지도 모르겠어."

"그건 좀 곤란한데요."

이대로 찢어지면 신동하가 가지고 가는 것이 너무 작아진다.

그러면 자신들의 목적은 실패하는 것이나 마찬가지다.

물론 그들이 찢어지면 훨씬 약해지기는 하지만, 그들이 그렇게 찢어진다고 해도 그 잘린 반쪽이 대룡보다 크다는 것은 부정할 수 없는 사실이다.

"물론 그렇게 쉽게 되지는 않을 거야. 그런 이야기가 있다 하는 정도지. 하지만 지금까지 이런 싸움을 하는 기업 중에서 제대로 찢어져서 나가는 기업이 얼마나 되던가?"

"하긴 그러네요."

하물며 그런 곳은 부모가 자리를 잡고 자식들에게 공정하게 분배하는 형태로 찢어졌다.

하지만 이번은 아니다.

신동성이 몰래 세력을 키우고 아버지와 형의 뒤통수에 칼을 찔러 넣었으니까.

"신동우와 신강수가 바보가 아닌 이상에야 그걸 그냥 넘어가지는 않을 걸세."

"무슨 뜻인지 알겠습니다. 그러면 그들이 더 싸우게 하고 싶으신 건가요?"

"그건 아닐세."

노형진의 예상을 깨고 유민택은 고개를 흔들었다.

"마냥 싸우는 건 안 좋아. 서로 힘을 모아야 더 크게 붙기 마련이거든. 국지전만 깨작깨작해 봐야 전면전 한 번보다 못하네."

유민택은 그들이 서로에게 강력한 카운터펀치를 날리기를 원했다.

그러기 위해서는 그들이 각자 힘을 모을 시간이 필요했고, 그때는 건드리면 안 된다.

그만큼 여유가 있다는 것은 외부의 공격에 반응할 수 있다는 의미니까.

"까딱 잘못하면 그 모은 힘이 이쪽으로 쏠릴 수도 있으니까 저들이 여유가 있을 때는 건드리지 않는 게 상책이야."

"그러면 다른 문제는 뭔가요?"

"사실은 대동이 아니라 일본의 극우 세력 때문에 그러네."

"극우 세력요? 그 미친놈들이 왜요?"

노형진은 고개를 갸웃했다.

일본의 극우 세력이 권력을 잡고 있는 것은 사실이다.

하지만 극우 세력 때문에 대룡이 피해를 볼 만한 것은 없다.

물론 수출에 약간의 애로 사항이 있기는 하지만, 그건 대룡뿐만 아니라 한국의 어떤 기업이든 마찬가지다.

사실 극우 세력은 한국을 그저 노예의 국가로 보기 때문에 어찌 보면 누구에게나 공평하게 지랄맞았다.

"그들이 대동의 내전에 끼어드는 건 아닐 테고요."

"그건 아니지. 하지만 극우 세력이 우리 인터넷 방송을 물고 늘어지기 시작했어."

"네?"

노형진은 눈을 찌푸렸다.

대룡이 만든 일본의 인터넷 방송, 정확하게는 인터넷 방송이라기보다는 비디오 대여점을 통한 대여가 맞는 말이지만, 어찌 되었건 일본 문화 침략의 첨병 같은 존재이다.

"한국이 문화 침략을 한다고 게거품을 물기 시작했네."

"그건 언제나 하는 말 아닙니까?"

하루 이틀의 문제가 아니다.

한류라는 것이 생기고 나서 일본 극우는 하루가 멀다 하고 그 소리를 해 댔다.

한국 방송을 보고 한국 문화를 따라 하는 것은 일본 정신을 잃은 매국이라는 말과 함께 말이다.

물론 노형진의 목적이 그거지만 말이다.

"그 전에는 자기들끼리 떠드는 헛소리나 마찬가지라서 나도 무시했네. 하지만 본격적으로 압박을 하기 시작했어. 그 첨병은 야쿠자들이고."

노형진은 갑자기 머리가 지끈거리기 시작했다.

"아니, 여기서 또 왜 야쿠자들이 튀어나오옵니까? 그치들은 뭐 먹을 게 있다고 깐죽거린답니까?"

"자네는 모르는 모양이군? 하긴 자네에게 보고가 들어가지는 않았을 테니까."

이어지는 유민택의 설명을 듣고서야 노형진은 야쿠자들이 왜 그러는지 깨닫고 긴 한숨을 토해 내야 했다.

"작년에 일본의 포르노 제작양이 25% 감소했네."

"네? 아니, 왜요?"

"왜라고 생각하나?"

물끄러미 바라보는 유민택.

그런 유민택의 시선에 노형진은 문득 이유를 알 것 같았다.

"인터넷 방송 때문이군요."

일본에 외모가 되고 돈을 벌고 싶은 사람은 많다.

그건 한국도 마찬가지다.

그리고 지금까지 야쿠자들과 포르노 제작사들은 그런 여자들을 꼬셔서 포르노를 촬영해 왔다.

오죽하면 성진국이라는 말이 생겼겠는가?

"그런데 이제는 기회가 한 번 더 있는 거지."

기존 방송에 들어가지 못하더라도 인터넷 방송이 있다.

그들을 통해 데뷔하면 기존 방송에 들어갈 수도 있다.

더군다나 문화적 갈라파고스화되어 있는 일본과 다르게 인터넷 방송은 전 세계로 퍼질 수 있다.

"현재 우리는 네트웍플러스와 협의 중일세. 우리가 제작한 방송을 전 세계에 판매하는 건에 대해 말이야."

"예상대로군요."

이것이 법이다

원래 역사에서는 네트웍플러스의 진출에 의해 한국과 일본의 영화 방송계가 급격하게 변하는 상황이 벌어진다.

하지만 노형진이 미리 준비한 덕분에 네트웍플러스는 무리하게 진입하는 대신에 이쪽과 협업해서 시장을 나눠 먹는 구조를 원했고, 유민택은 자신의 영향력을 전 세계로 퍼트릴 수 있는 기회이기에 기꺼이 손을 잡을 생각이었다.

"만일 그게 성립된다면 일본의 포르노 산업은 큰 타격을 입을 걸세."

일본에서 매년 소비되는 포르노는 많지만, 그만큼 경쟁이 치열해서 아주 큰 돈이 되지는 않는다.

하지만 외국으로 방송이 수출되면 고만고만하게 판매된다고 해도 전 세계적으로 어마어마하게 돈이 벌릴 수밖에 없다.

"여자들이 이쪽으로 넘어오려고 하겠네요."

"그래. 그래서 일본 극우를 앞세워서 야쿠자들이 압박을 가해 오기 시작했네. 무력으로 뭔가 하기에는 아무래도 한계가 있으니까."

무력으로 비디오를 팔려고 들면 당연히 일본 경찰이 끼어들 수밖에 없다.

그리고 여러모로 세력이 약화된 야쿠자들은 그런 자잘한 걸로 조직원을 잃어버릴 수는 없는 상황이다.

"그러니 그들은 배우들에게 두 번째 기회를 주는 우리가 마음에 안 들 수밖에 없지."

노형진은 머리를 긁적거렸다.

"이렇게 될 줄은 몰랐네요."

"자네가?"

"저도 완벽한 건 아닙니다, 회장님."

물론 일본 방송이 타격을 입을 거라고 생각하기는 했다. 하지만 일본의 성인물 시장이 타격을 입을 거라고는 생각하지 못했다.

"어찌 되었건 중요한 건, 그들이 야쿠자의 자금을 받아 가면서 본격적으로 압박을 가하기 시작했다는 거야."

단순히 싫은 소리를 하는 정도가 아니라 비디오 대여점 같은 곳에 받아들이지 못하게 압박을 가하고 있다는 것이다.

대부분의 비디오 대여점은 혼자 하는 상황이다 보니 극우 세력이 와서 지랄하면 고개를 숙이는 수밖에 없다.

"야쿠자는 처벌 대상이지만, 자네도 알지 않나, 일본의 경찰은 극우 세력에 한없이 관대하다는 걸."

"그렇지요. 영업 방해를 한다고 해도 결국 그들이 처벌받지는 않을 겁니다."

노형진은 난데없는 극우의 출몰에 머리가 지끈거렸다.

"이 극우 녀석들은 안 끼는 곳이 없네요."

신동하가 싸울 때도, 신동성에게 붙을 때도 머리를 아프게 하더니, 이제는 방송에까지 끼어들어서 난장판을 만드는 것이다.

"제가 한번 가서 방법을 찾아보겠습니다. 그게 저를 오라고 하신 이유겠지요?"

"그러네."

"그런데 이놈들은 말이 통하는 놈들이 아닌데."

노형진은 머리를 긁적이며 긴 한숨을 쉬었다.

"극우요?"

"요즘 세력이 많이 커졌나요?"

"많이 커졌죠. 한국의 세력이 커질수록 말입니다."

"작용과 반작용인가요?"

물론 극우 세력은 원래도 컸다.

하지만 원래 역사와 다르게 대룡이 본격적으로 문화적 침략을 시작하자 더욱 빠르게 늘어났다.

물론 그래 봐야 젊은 사람이나 미래를 보는 사람은 없고, 사회적으로 왕따를 당하거나 나이 먹고 새로운 걸 받아들이지 못하거나 과거의 영광이나 찾거나 과거 일본의 자리를 한국에 빼앗겼다고 생각하는 사람들이 대부분이지만 말이다.

"뭐, 그럴 수도 있지요. 뭐든 음과 양이 있고 점점 그 차이가 심해지니까요."

물론 한국 문화에 우호적인 사람들도 분명 존재한다.

하지만 그들은 정치적으로 단합되지도 않았고 단합하기도 힘들다.

　개인적으로 즐기는 거야 터치하지 않으면 된다지만, 뭉쳐서 뭔가를 한다는 것은 전혀 다른 문제다.

　당장 한국에서 일본 문화를 좋아하는 사람들이 뭉쳐서 조직이라도 만들면 그 조직은 100% 친일파 소리를 듣게 된다.

　그러니 아무리 한류가 강하다고 해도 그들이 뭉쳐서 저들에게 저항하는 것은 불가능에 가깝다.

　"그렇다고 가만둘 수도 없고."

　노형진은 곰곰이 생각을 했다.

　'돈을 줘서 포섭해? 아니야. 그런다고 넘어온다면 극우 세력이 아니지. 그들의 목적은 장기적인 이권이지 돈이 아니야.'

　더군다나 한번 주기 시작하면 그건 끝이 없을 가능성이 높다.

　그럴 수밖에 없는 게, 세력이 커질수록 필요한 돈은 더 늘어날 테니까.

　그에 따라 돈을 점점 더 많이 줄수록 세력은 더욱 커질 테니, 결국 악순환에 스스로 빠지는 꼴이었다.

　"이쪽에서 극우 세력을 포섭하는 건 힘들겠지요?"

　"그건 무리입니다. 극우가 왜 극우라고 불리는지 아시지 않습니까?"

　그들은 오로지 이쪽에 대한 증오만을 불태운다.

　합당한 의심 같은 건 없다. 오로지 증오와 분노뿐.

"차라리 그들이 누군가와 싸워 줬으면 좋겠는데 말이지요."

"이미 싸우고 있지 않습니까? 한국과 말이죠."

노형진은 신동하의 말에 안다는 듯 고개를 끄덕거렸다.

그들의 가장 큰 적은 중국이 아니라 한국이다.

중국 문화는 아직 일본 문화 시장에 들어오지 못한 게 사실이니까.

그러니 아직 문화적으로 위협을 느낄 리가 없다.

그리고 실제로 들어온다고 해도 일본의 문화가 중국 문화에 흡수될 가능성은 그다지 높지 않다.

애초에 중국 문화가 일본 문화를 흡수하기에는 수준 차이가 너무 심했다.

'일본의 문화는 갈라파고스화되어 있지만 중국의 문화는 애국화되어 있지.'

이게 무슨 소리냐면, 일본의 문화가 외부의 문화를 거부하고 자기 스타일로 발전한 데 반해 중국은 오로지 자국 문화만 최고로 치고 타국의 문화를 무시하는 성향이 강하다는 것이다.

쉽게 말해서 중국에서 나오는 대부분의 게임들이 일반적인 MMORPG의 형태를 취하기보다는 무협이라는 장르를 배경으로 자기 혼자 지지고 볶는 게 가능하게 만들어지는 것이 그런 특징을 대변한다.

모두가 모여서 각자의 역할을 수행하기보다는 혼자서 유

아독존을 찍는 게 중국 스타일이니까.

"그러면 어떻게 한다?"

당장은 방송이 문제지만 그들이 세력을 갖춰 갈수록 힘든 것은 한국이다.

중국이야 워낙 인구수가 많아서 시장이 크지만 한국은 그 시장이 크지 않으니까.

더군다나 일본의 시장에서 활동하는 한국 가수들의 숫자를 보면 더 그렇다.

"극우 세력을 해산시킬 방법이 있을까요?"

"그건 힘들죠."

극우 세력은 워낙 종류가 많아서 해산을 시키는 것이 불가능하다.

설사 한다고 해도 다시 뭉치면 그만이다.

애초에 그들은 외부에 대한 두려움과 공포 그리고 미움으로, 자발적으로 뭉친 사람들이다.

"우리가 나서서 여러 가지 방식을 이용해서 그들을 폐쇄한다고 해서 그들이 사라지는 건 아니죠. 도리어 이름 바꾸고 더 격렬하게 반응할 겁니다."

지금이야 간단하게 저항하지만 그때는 진짜 사생결단으로 달려들 수도 있다.

"거기에다 단체도 한두 개가 아니고요."

하나하나 격파한다 해도, 다른 단체로 가거나 새로 만들면 그만이다.

"하여간 일본 사회를 좀먹는 놈들이라니까요."

"신동하 씨는 진짜로 그치들을 좋아하지 않는군요."

"저는 힘없는 사람이었으니까요."

신동하가 대동그룹에서 내쳐졌을 때 그를 가장 싫어하고 미워했던 사람들이 다름 아닌 극우 세력이었다.

재일 한국인이 만든 대동그룹, 그들에게 저항하지 못하는 와중에 신동하가 내쳐지자 대동에 대한 미움이 그에게 쏠린 것이다.

"더군다나 저는 한국인과 일본인 혼혈 아닙니까? 일부에서는 그러한 혼혈을 더 극렬하게 미워하거든요."

신동하는 피식 웃으며 말했다.

"마음 같아서는 그놈들이 서로 싸우다가 다 망했으면 좋겠습니다. 대동처럼 말이지요."

"그건 좋은 생각이기는 하네요. 하지만 그들이 싸울 만한 이유가 없어요."

그들은 혐오로 뭉친 자들이다.

그리고 그런 이들이 으레 그렇듯이 누구보다 끈끈한 세력을 가지고 있다.

"그러게요. 누군가 그들을 싸우게 이끌어 주면 모를까."

"그럴 만한 사람이 있을 리가……."

문득 노형진에게 좋은 생각이 났다.

"어쩌면 가능할지도 모르겠네요."

"네? 그들을 이끌 사람이 있다고요?"

"아니요. 그건 아닙니다. 이미 그들은 기득권화되었습니다. 그들을 이끌겠다고 나서면 그 세력이 한꺼번에 밟아 버릴 겁니다."

"그러면요?"

"그들이 싸우도록 이용해 먹을 수 있는 자들이 있을 것 같습니다."

"그게 누구인데요?"

노형진의 씩 웃으며 하늘을 가리켰다.

"천황이지요."

"천황요?"

노형진의 말을 이해하지 못하고 신동하는 눈만 찌푸릴 수밖에 없었다.

⚖

"천황을 이용해서 싸우게 하자고?"

"네."

노형진이 완성한 계획에 유민택은 기겁을 했다.

물론 노형진은 지금까지 다양한 상대를 이용해서 상대방을 몰아붙였다.

필요하다면 국가라도 이용하는 것이 노형진이다.

하지만 단 한 번도 왕이라는 존재는 이용한 적이 없었다.

"그게 가능하겠나? 천황은 정치적인 존재가 아니야. 상징적인 존재지."

"압니다. 그렇기에 가능합니다."

"그렇기에 가능하다고?"

"천황은 일본에서 천황이라고 불리죠."

자칭 가장 오래된 왕가. 그리고 하늘의 왕.

그래서 일본에서는 천황이 아니라 천황이라 부른다. 하늘의 황제라는 뜻이다.

"하지만 스스로 천황이라 부르는 그의 입장에서는 좀 웃긴거죠."

하늘의 지배자라는 천황이 실권이 전혀 없다.

쉽게 말해서 입헌군주제다.

"하지만 그들은 이렇게 말하곤 하죠, 천황이 일본이고 일본이 천황이다. 실제로 2차대전 당시에 일본이 무조건항복을 했다고 알려져 있지만 무조건항복은 아니었죠."

유일한 조건, 그건 천황을 처벌하지 않는 것이었다.

그 때문에 천황은 그 자리를 지킬 수 있었다.

"그래서 미국은 천황을 허수아비로 만들면 충분히 일본을 통제할 수 있을 거라 생각했지요."

하지만 미국의 생각과 다르게 일본의 호전적 성향은 천황이 아닌 자국의 문화와 유전자, 경험 때문이었다.

"그런데 그거랑 극우 세력이 무슨 관계가 있나? 난 이해가 안 가는데."

"극우 세력이 극단적인 정신적 지주로 삼는 게 누구인지 아십니까? 바로 천황입니다."

하지만 아이러니하게도 현재의 천황은 일본에서 확고한 반전 주의자인 동시에 극우 세력을 가장 싫어하는 사람이다.

"얼마 전에 반자이 사건 기억하시죠?"

"물론 기억하지."

정치인들이 천황을 불러 놓고 기습적으로 덴노 헤이카 반자이를 외쳤던 사건.

그렇게 함으로써 천황이라는 상징적 존재를 자신들 극우 세력의 중심으로 삼았던 사건.

"하지만 천황은 저항하지 못했지요. 기분 나쁘다는 표현만 좀 했을 뿐이고요."

그럴 수밖에 없다. 지금의 천황은 사실상 허수아비니까.

"입헌군주제이기는 하지만 영국의 입헌군주제와는 좀 다르죠."

영국의 입헌군주제는 영국 왕가를 정신적 지주로 모시고 있다.

물론 그들 역시 정치적인 힘을 가지고 있는 것은 아니다.

하지만 그들은 왕가로서 소신 발언을 하고, 그 소신 발언에 대한 책임도 진다.

그들에게는 언제나 국민이라는 지지 세력이 있다.

"그에 반해 일본은 좀 다르죠."

똑같이 입헌군주제이고 말로는 정신적 지주라고 하지만 그냥 도구 취급받고 있으며 정치적 발언을 하지 않는다.

과거 2차대전 당시에 자신들의 발언으로 인해 어마어마한 인명 피해가 발생했다는 자괴감 때문이다.

"그래서?"

"극우 세력의 말대로라면 그들은 천황에게 충성해야 합니다. 천황이야말로 일본 그 자체이니까요."

하지만 여기서 문제가 발생한다.

일본의 천황은 확고한 반전 주의자. 그리고 극우 혐오자다.

"그래서 이용만 할 뿐 어느 극우 세력도 그를 위해 움직이지는 않았지요. 정확하게는 수뇌부는요."

그들에게 극우란 권력을 유지하고 돈을 벌어들이는 방식이니까.

"하지만 누군가가 천황에게 권력을 돌려주자는 운동을 시작하면 어떻게 될까요?"

"……!"

그 말에 유민택의 눈은 휘둥그레졌다.

그렇게 되면 일본의 극우 세력은 묘한 상황에 처하게 된다.

스스로 천황을 모시며 극우를 외쳤던 그들이다.

그런데 거기에 반대를 하게 되면, 천황을 이용하는 건 말도 안 되는 소리가 된다.

　"하지만 천황에게 충성을 바치고 왕가에 권력을 주자고 하면 천황이 반전 주의자라는 게 걸리겠군."

　"그렇습니다. 개인적인 의견을 거의 피력하지 않는 천황가도 일본의 재무장과 평화 헌법 수정에 대해서는 몇 번이고 반대 의견을 냈으니까요."

　하지만 극우 세력의 최대 목적은 일본의 재무장과 평화 헌법의 수정, 궁극적으로 전쟁을 통해 다른 나라를 침략하는 것이다.

　"허, 이건 전혀 생각도 못 했는데?"

　극우 세력이라고 하면 무조건 나쁜 놈들, 또는 자신들에게 반대되는 놈들이라는 이미지만 가지고 있었다.

　그런데 그렇게 이용해 먹을 수 있다니.

　"하지만 천황이 가만둘까?"

　"어쩔 겁니까? 지금의 천황은 아무런 권력도 없습니다."

　그가 뭐라고 하든 말 그대로 개인적인 의견일 뿐이다.

　그가 하지 말라고 해도 그의 말을 듣는 사람은 거의 없다.

　"그리고 그 세력이 커지면 두 극우 세력은 서로 싸우게 될 겁니다."

　지금 권력을 가지고 있는 자들은 현재 정당과 정치인들과 손잡고 천황가를 막으려고 들 테고, 반대로 새로운 권력을 가지려고 하는 자들은 천황가를 이용해서 정당성을 확보하려고 할 것이다.

"어느 쪽이 이기든 우리는 손해가 없지요."

정당 쪽이 이긴다면 천황가는 사라진다.

일본의 극우 세력에 있어 천황가가 사라진다는 것은 정신적 지주가 무너지는 것이다.

그리고 정치인들이 천황가를 없앤다면 대다수 일본의 국민들은 충격을 받을 것이다.

수천 년을 이어 온 왕가를 일본 정치인들이 참살하는 꼴이니까.

"반대로 천황가가 이긴다면 상황은 반전되지요."

물론 이제 와서 과거처럼 절대왕권을 가지게 되는 것은 불가능하다.

하지만 어느 정도의 권력을 잡을 수 있다면, 한국은 그들과 손을 잡고 일본의 극우 세력을 통제할 수 있게 된다.

"물론 그건 장기적인 문제고요. 중요한 건 그들이 싸운다는 거죠."

자기들끼리 싸우느라 바쁜데 한류를 막고 대룡을 막을 정신이 어디 있겠는가?

"천황가를 이용한다라……. 아마 그쪽에서 안다면 억울해서 바닥이라도 치며 대성통곡을 하겠군."

"할 테면 하라지요."

노형진은 키득거리면서 웃었다.

"결국 그는 우리에게도 도구일 뿐입니다. 지금 그의 신세와 마찬가지로 말이지요."

일본의 극우 세력과 손잡고 천황가를 키우기 위한 계획에서 가장 중요한 것은 바로 일본 내부의 왕가를 지지하는 세력이다.

"있기는 하군요."

노형진의 부탁을 받고, 신동하는 노형진이 한국에 가 있는 사이에 그런 세력이 있는지 찾아봤다.

그리고 찾을 수 있었다.

분명 일부이긴 하지만 천황가를 복권시키자는 세력이 있었다.

"일부? 아니, 이 정도면 일부가 아니라 거의 극소라고 봐야겠네요."

그런 주장을 하는 곳은 대략 다섯 곳. 그중 제대로 활동하는 곳은 단 한 곳뿐이었다.

"어쩔 수 없을 겁니다."

정치라는 것은 결국 돈을 써야 하는 행위다.

그러한 돈을 통제하는 자들이 자신들이 권력을 잃는 것을 좋아할 리가 없다.

"그러니 그들에게 돈을 줄 리가 없죠."

그들의 예산은 대부분 개인의 자발적 기부 아니면 자신들의 돈이었다.

그러니 제대로 뭔가 할 수 있을 리가 없다.

"정치권과의 관계는요?"

"전혀요. 있겠습니까? 천황이 복권한다는 것 자체가 정치인들에게는 권력을 잃게 되는 행위인데."

"그건 그렇지요."

노형진은 고개를 끄덕거렸다.

"이들을 이용하는 게 좋겠군요."

"하지만 무슨 수로요? 어찌 되었건 이들은 극우 세력입니다. 자기들을 지원해 주는 외국의 세력을 기분 좋게 받아들일 놈들이 아닙니다."

신동하에게 지원되는 대부분의 돈은 세탁을 거쳐서 중국을 통해 일본으로 들어온다.

문화에 관한 투자였기 때문에 그건 어려운 일이 아니었다.

하지만 그건 어디까지나 신동하이기 때문에 받아들인 것뿐이다.

"다른 작자들은 모르지만 이러한 놈들은 외부에서 돈을 받는 걸 아주 엄청난 치욕으로 생각할 겁니다."

아니, 분명 외국에서 주는 돈은 뭔가 음모나 비밀이 있을 거라고 생각해서 받지 않을 것이다.

실제로 그런 돈에 비밀이 없을 리가 없고 말이다.

"압니다. 이들은 돈을 준다고 해도 받아들이지 않겠지요."

그런 걸 예상하지 못할 노형진이 아니었다.

"하지만 분위기는 만들 수 있지요."

"분위기?"

"네, 사회적인 분위기. 사회적으로 그런 분위기가 흐르기 시작하면 누군가는 그걸 이끌어 가려고 합니다."

분위기가 생기면 사람들은 그걸 이용해서 이권을 창출하려고 한다.

가령 외국인 노동자를 배려하자는 분위기가 생기면 외국인 노동자 인권 단체가 우후죽순 생긴다.

그러다가 여성 인권을 위하는 분위기가 되면 여성 인권 단체가 우후죽순 생기고 말이다.

"인간은 자주적으로 움직인다고 생각합니다만, 애석하게도 그렇지 않습니다."

분위기가 만들어지면 그 세력을 이끄는 자들이 생기고 그들에게 끌려가는 게 인간이다.

"만일 우리가 그 분위기를 먼저 만든다면 어떻게 될까요?"

"그렇다면 확실히 그걸 이용하려고 하겠네요."

실제로 어디서 정체 모를 테러가 일어나면 여러 단체에서 자기들이 그 테러를 했다고 한다.

그들이 진짜로 해서?

아니다. 테러 단체들은 서로 손잡고 뭘 하지는 않는다.

애초에 그들은 극단적인 목적을 위해 테러를 하기 때문에 손잡을 가능성은 거의 없다.

그럼에도 불구하고 자기들이 했다고 하는 이유는, 그렇게 함으로써 자기들의 지명도를 높일 수 있기 때문이다.

"그러니까 그러한 작업을 먼저 하면 됩니다."

그리고 돈은 그 후에 주면 된다.

그들은 그렇게 잡은 기회를 놓치고 싶지 않을 테니까.

'그리고 그렇게 들어온 돈은 남는 돈이거든.'

앞과 뒤가 같아 보이지만 사실 전혀 다르다.

만일 분위기가 생기기 전에 100억을 준다고 치자. 그러면 그들은 그 분위기를 계속 유지하기 위해 그 돈을 써야 한다.

당연히 그 돈을 다 쓰면 실패는 실패대로 하고 돈은 돈대로 날린다.

재수 없으면 돈이 떨어지는 순간 그 광풍도 멈춘다.

'하지만 광풍이 분 후에는 상황이 달라지지.'

먼저 분위기가 생긴 뒤에 돈을 주면, 그들은 분위기를 이용해 돈은 조금만 쓰고 입지를 굳힐 수 있다.

그러면 남은 돈은 모조리 그들의 것이 된다.

'대부분의 사회운동의 끝은 돈이지.'

진짜 사회적인 운동을 위해 돈을 모으는 조직은 아주 극소

수다.

"하지만 그게 가능할까요? 천황을 다시 띄우는 게 쉬운 게
아닐 텐데요."

"그러니까 이제 작업을 해야지요, 후후후."

일본의 인터넷은 생각보다 허접하다.

한국처럼 확실하게 신분을 확인할 만한 제도가 없어서 특
정 사이트에 가입하는 걸 확인하는 게 쉽지 않아 상당수 사
이트들이 익명으로 가입하는 걸 아주 널리 봐주기 때문이다.

그래서 그곳에서 작업을 하는 것은 어려운 일이 아니었다.

–천황 폐하를 위해 우리는 다시 일어나야 한다.

–저 어리석은 미국 때문에 폐위된 우리 천황 폐하를 복권시키자!

–천황 폐하 만세!

–애초에 우리 국가는 천황 폐하를 칭송하는 거잖아? 그런데 천황
폐하를 언제까지 저런 상태로 둘 건가?

처음에는 사람들은 그러한 행동들을 일부의 미친 짓이라
고 생각했다.

아무리 일본 사람들의 정신적 지주라고 하지만 어찌 되었

건 현 천황이 다시 권력을 잡는다는 것은 불가능에 가깝다고 생각했으니까.

"쉽게 움직이지 않는데요?"

신동하는 인터넷에서 들끓는 여론을 보면서 혀를 내둘렀다.

그럴 수밖에 없는 게 열심히 그런 글을 쓰는 사람들의 대부분이 노형진이 비밀리에 고용한 알바생들이었기 때문이다.

"정작 일본인들의 호응은 거의 없네요."

"그럴 거라고 예상은 했잖습니까?"

"그건 그런데, 그래도 너무 심한데요."

노형진은 피식 웃었다.

"일본인들의 성향이 그러니 어쩌겠습니까?"

일본인들은 의외로 주인과 노예 관계에 익숙하다.

오죽하면 사축이라는 말도 있다.

회사에서 키우는 짐승이라는 말이다.

그러한 주인과 노예 관계에 익숙하다 보니 자신의 의견을 적극적으로 개진하지 않는다.

아니, 도리어 그러한 사람들을 민폐를 끼친다면서 혐오한다.

"그렇다 보니 적극적으로 뭔가 하는 것은 불가능에 가깝지요. 사실 인터넷에 이렇게 글을 올린다고 해서 일본에서 갑자기 그런 여론이 확 일어나기를 바라지는 않았습니다."

그건 불가능에 가까운 일이었다.

"하지만 이렇게 함으로써 사람들이 존재 자체는 인지하기 시작했을 겁니다."

헛소리든 아니든 상관없다.

일단 최소한 이러한 의견이 있다는 것은 알았을 것이다.

일부는 그러한 의견에 동조하기 시작했고.

"하지만 이래서는 우리가 원하는 대로 극우 세력이 분할되는 건 힘들 것 같은데요."

신동하는 고개를 흔들며 말했다.

"아직은 그렇지요. 하지만 그러한 일본 황실에 대한 지지 세력이 나타나기 시작하면 이야기가 달라지지요."

"지지 세력요?"

"네. 정확하게는 신동하 씨가 전면에 나서야 하는 상황입니다."

"에엑?"

노형진의 말에 신동하는 깜짝 놀랐다.

"자…… 잠깐만요! 제가요? 아니, 제가 천황가에 어떻게 접근하란 말입니까?"

"일본 사람들이 환장하는 게 뭔지 아십니까?"

"원하시는 게 뭔지 모르겠네요. 일본인들이 환장하는 게 어디 한두 개인가요?"

노형진은 고개를 끄덕거렸다.

"그건 그러네요. 그러면 말을 바꾸죠. 지금 천황가, 아니, 일단 신동하 씨 입장에서는 천황가이니 그렇게 호칭하도록 하죠. 천황가가 사람들에게 관심이 없는 이유가 뭐라고 생각하십니까?"

"글쎄요."

"두 가지 이유 때문입니다. 극도로 몸을 사리는 천황가의 통치 스타일 때문이지요. 입헌군주제의 운영 방침은 '군림하되 통치하지 않는다.'입니다."

하지만 현재 천황가는 군림도 하지 못하고 있다.

일본의 정치인들에게 극단적으로 견제받고 있기 때문이다.

"그건 천황가, 아, 자꾸 천황이라고 하네요. 하여간 천황가가 분류상 친한파로 취급받기 때문입니다."

천황의 의미는 하늘의 왕, 그러니까 하늘이 내린 왕이라는 의미다.

하지만 아이러니하게도 천황가는 사람이라는 공식 발표를 했다.

그것도 부족해서 스스로 백제 유민의 자손이라고 인정하기도 했다.

그렇다 보니 한국을 불구대천의 원수 취급하는 일본의 정치인들에게는 곤혹스러운 대상이다.

"그래서 고의적으로 천황가를 국민들에게서 떼어 두고 싶어 하지요."

그게 영국과 일본의 차이였다.

영국은 의회에서 왕실을 존경할 뿐만 아니라 그들의 행동을 제약하지 않는다.

하지만 일본 정치인들은 어떻게 해서든 천황가의 행동을 제약하려고 한다.

"그게 첫 번째 이유입니다. 두 번째 이유는 이슈가 될 게 없다는 거죠."

"이슈요? 무슨 이슈요?"

"이러한 가문은 개인의 행동이 가문의 이미지에 영향을 미칩니다. 음…… 예를 들어 보죠. 영국 왕실의 현재 왕좌는 엘리자베스 여왕이 쥐고 있습니다."

그녀는 2차대전을 승리로 이끈 지도자 중 한 명일 뿐만 아니라 스스로도 상당히 현명한 사람으로 알려져 있다.

물론 그녀 역시 과오가 없는 것은 아니나, 최소한 자신이 국민들에게 어떠한 본을 보여야 하는지는 잘 알고 있다.

"그리고 영국 왕실에는 왕자들이 있지요."

"왕자요? 찰스 왕세자 말씀입니까?"

노형진은 고개를 흔들었다.

"아니요. 사실 찰스 왕세자는 영국 왕실에 똥칠을 많이 했지요."

그래서 엘리자베스 여왕이 찰스 왕세자에게 왕실을 넘기지 않을 거라는 이야기가 있을 정도였다.

"불륜으로 왕실에 먹칠을 했으니까요."

그렇다 보니 그는 영국에서 이미지가 좋지 못하다.

물론 정식 왕실 후계자가 그라는 사실은 부정할 수 없지만 말이다.

"하지만 다른 왕자들은 다르지요."

그들은 아주 큰 문제를 일으키지도 않을뿐더러 노블레스 오블리주를 직접 실천한다.

심지어 한국 정치인들은 가기 싫어서 온갖 비리를 다 저지르며 회피하는 병역도, 스스로 군으로 가서 전쟁터 최전선에 투입될 정도였다.

"일종의 상징성입니다. 영국 왕실은 그러한 상징성 때문에 유지되는 거죠."

찰스 왕세자가 불륜을 저질렀을 때는 영국 내에서도 왕실을 폐지하자는 여론이 치솟았다.

하지만 그 이후 수년간 그들은 지도자의 덕목을 실천했다.

"그에 반해 일본은 그런 게 없죠."

존재는 하지만 존재감은 없다.

일본의 국가인 〈기미가요〉는 천황가의 안녕을 비는 노래다.

'왕의 치세는 천 대고 8천 대고 계속되어 작은 돌이 바위가 되어 그 돌에 이끼가 낄 때까지 영원히 이어지리라.'라는 내용을 담고 있다.

오로지 왕 하나만을 위해 만들어진 노래.

그게 일본의 공식적인 국가이다.

하지만 정작 그 천황가가 대중에 드러날 일은 없다.

"아마 한국 뉴스와 천황가 뉴스를 비교하면 한국 뉴스가 열 배는 많을걸요."

"그건 알겠습니다만…… 그거랑 저랑 무슨 관계가 있다는 거죠?"

"천황가는 일반 국민들과 접촉할 수가 없습니다. 지금까지 방송국이 철저하게 막았으니까요."

"그래서요?"

"하지만 인터넷 방송국이 그들 아래에 있던가요?"

"아하!"

지금 신동하는 대룡의 인터넷 방송을 일본에서 유통하고 있다.

"하지만 황실에서 인터넷 방송을 하려고 할까요? 아니, 그 전에 국민들이 관심을 보일 것 같지가 않은데요."

노형진은 그 말에 씩 웃었다.

"압니다. 하지만 국민들이 그 정보를 갈구하기 시작하면 전혀 다른 상황이 벌어지겠지요."

"다시 원점으로 돌아간 것 같은데요? 국민들은 관심이 없습니다."

"아, 이야기가 샜군요. 하여간 영국에는 왕실의 트레이드 마크 같은 사람이 있습니다. 바로 엘리자베스 여왕과 왕자들이지요."

하지만 일본에는 그런 존재가 없다.

현 천황인 유지로는 힘이 없다.

사실상 종이호랑이 신세라고 해야 하나?

물론 인물이 없는 건 아니다.

"차기 천황인 요히토는 뛰어난 인물이고, 그만큼 욕심도 많습니다. 그래서 극우에서 극도로 싫어하지요."

요히토는 기존의 질서를 따르는 타입이 아니다.

그는 천황가 내부에서 극도로 반대하는 여자와 결혼하고 그녀와의 사이에서 낳은 여자아이를 지키기 위해 전 일본 언론과 척을 질 정도로 강단 있는 성향이다.

더군다나 그는 극도로 극우 세력을 싫어한다.

하지만 그 때문에 일본 정치인들은 그를 몰아내기 위해 사력을 다했고, 남자 후계자가 없다는 이유 등을 들어서 황태자를 바꾸자는 이야기도 있었다.

일본법의 특성상 오로지 남자만 천황가를 이어 갈 수 있기 때문이다.

그에 대한 공격이 어느 정도였느냐면, 요히토의 유일한 딸인 아이사코 공주가 초등학교 시절 왕따를 당해서 등교 거부를 한 사건이 있었다.

상식적으로 일본에서 천황의 손녀를 왕따시킨다는 것은 있을 수 없는 일이었고, 그 사건으로 인해 어머니가 몇 년간 같이 등교를 하는 등 심각한 폐해가 있었다.

그래서 많은 음모론자들이 그 사건이 외부에서 고의로 일으킨 것이라고 생각했다.

그럴 수밖에 없는 게, 그 사건으로 인해 누구도 처벌받지 않았기 때문이다.

실제로 정치인들이 한 말 중에 덴노에 대한 생각을 읽을 수 있는 말이 있다.

정치인이라는 작자가 덴노는 제사를 지낼 때가 아니면 필요 없다고 할 정도로, 천황가에 대한 무시는 정치인들 사이에서도 만연한 상황이다.

"아마 적당한 핑계만 대면 일본 정치인들은 천황가를 끝장낼 겁니다."

"설마요!"

"설마라고 생각합니까? 그 천황가에 대한 보고서 사건 모르십니까? 아니, 탄원서 사건이라고 해야겠네요."

"탄원서 사건?"

"아…… 일본이라서 도리어 모를지도 모르겠네요."

일본 언론에서 절대 하지 않을 이야기니까.

"후쿠시마 사태 때 모 정치인이 천황에게 탄원서를 보냈습니다."

후쿠시마에 이러한 일이 있으며 그것을 알고 국민들을 보듬어 달라는 탄원서였다.

그도 천황이 힘이 없다는 걸 알기에 뭔가 해 달라고 하는 건 아니었다.

이것이 법이다

다만 국민들이 무슨 일을 당하는지 알아 달라고 한 것뿐이었다.

"하지만 그 탄원서는 천황에게 가지 않았지요."

정확하게는 천황이 받았지만 읽지도 않고 쓰레기통에 버렸다.

"어째서요? 아니, 그게 뭐가 문제라고요?"

"말로는 공포감 때문이라고 하더군요."

"공포감요?"

"네. 정치적 문제로 인해 천황가가 끝날지도 모른다는 공포감. 그 공포감에 현 천황조차도 그런 간단한 탄원서 하나 제대로 읽지 못하는 게 현재 천황가의 상황입니다."

그러나 세력이 생긴다면 그들은 그럴 필요가 없다.

"하지만 결정적인 문제가 있습니다. 이런 건 잘 모르시겠지만."

신동하는 머리를 긁적거렸다.

그가 일본인이기에 모르는 것이 있듯이 반대로 그가 일본인이기에 아는 것도 있었다.

"현재 차기 천황인 요히토가 극우 세력과 정치인들과 사이가 안 좋은 건 압니다. 더 큰 문제는 타이토죠."

요히토의 동생인 타이토.

그는 천황가의 골칫덩이라고 불린다.

그만큼 문제를 가지고 있기 때문이다.

"하지만 타이토가 극우 세력에게 차기 천황으로 지원받고 있는 게 현실이지요."

일단 극우 세력 쪽 사람이다.

장기적으로 봤을 때 천황가를 개혁하여 좀 더 국민 앞으로 끌어내 영국식 민주주의를 하려고 하는 요히토와 다르게, 타이토는 극우를 신봉하며 천황가는 현 상황에서 머물러야 한다고 주장한다.

그러니 극우 세력이 그를 지지할 수밖에 없다.

"게다가 자식들도 문제입니다."

요히토는 오로지 딸 하나만을 두고 있다.

그에 반해 타이토는 딸 둘과 아들 하나를 두고 있다.

그리고 그게 큰 차이를 만들어 냈다.

천황가는 지금까지 오로지 남자만 계승할 수 있었다.

하지만 후손에 아예 남자가 없었기에 딸에게 승계를 하자는 주장이 한때 있었다.

그러면 당연하게도 요히토의 딸 아이사코 공주가 1순위가 된다.

"저도 엔터 산업을 하지만 아이사코 공주는 예쁜 얼굴은 아니지요."

그에 반해 타이토의 두 딸은 어찌 되었건 평균 이상의 외모를 가지고 있고, 결정적으로 아들이 있다.

"알고 있습니다. 그래서 말이 많지요."

쉽게 말해서 현재 타이토는 사실상 천황가의 후계가 될 가능성이 없었지만 아들을 낳으면서 상황이 달라진 점을 이용해서 권력을 넘보고 있다.

그러나 그가 친 사고가 워낙 많고 그에 대해 일본 국민들도 좋지 않게 생각하기 때문에 그가 선택한 차선책이 다름 아닌 일본의 극우 세력이라는 것.

그가 실제 극우를 신봉한다기보다는, 극우 세력을 이용해서 자신이 천황에 오르기를 노리는 것이다.

'실제로 반쯤 성공했고.'

결국 몇 년 뒤 타이토는 형 요히토가 천황이 된 후에 황태자가 되었다.

물론 그건 회귀 전의 역사다.

천황가에서는 그렇게 함으로써 자연스럽게 황가의 핏줄이 이어지게 만들 생각인 모양이지만……

'그래서 요히토가 극도로 경계하고 있지.'

개혁 성향의 요히토는 자신의 딸과 아내에게 무슨 일이 생기는 것을 극도로 걱정하는 사람이다.

그리고 타이토와 그 일가는 요히토의 아내가 손윗사람임에도 불구하고 명문가 출신이 아니라는 이유로 대놓고 무시하고 있다.

만일 요히토 자신이 천황이 되지 못하거나 죽기라도 하는 날에는 딸과 아내에게 일이 터질 것은 당연지사.

"그런 요히토를 자극해서 우리 쪽으로 끌어당깁시다."

"어떻게요?"

"간단합니다. 홍보를 하는 거지요. 뭐든 잘 포장하는 것이 바로 우리의 기술 아니겠습니까? 후후후."

⚖

요히토는 신동하의 접견 요청에 비공식 석상에서 만나기로 했다.

"그래, 나를 만나고자 한 이유가 뭔가?"

"잠시 사람을 물려 주실 수 있겠습니까?"

"사람을?"

요히토는 고개를 돌려서 자신들을 바라보는 사람들과 마주 보았다.

궁내청원, 그러니까 궁에서 자신을 보좌해 주는 사람들.

"이 사람들은 믿을 수 있네만."

"하지만 저는 그들을 믿을 수 없습니다."

"거절한다면?"

"황태자 전하에게 기회가 가지 않을 수도 있지요."

"기회라……."

요히토는 속으로 피식 웃었다.

자신에게 기회 운운하는 사람은 처음이었으니까.

그는 곧 손을 들어서 흔들었고 그걸 본 궁내청원들은 조용히 바깥으로 나갔다.

"그러면 이제 이야기를 해 보지."

"직설적으로 대화를 할까요, 아니면 온갖 아양을 다 떨까요?"

"직설적인 게 좋겠군. 허례허식은 다른 사람들이 지겹게 보여 주고 있거든."

어깨를 으쓱하는 요히토.

"그러면 직설적으로 말씀드리지요. 요히토 황태자 전하께서는 지금 상황을 어떻게 생각하십니까?"

"무슨 상황?"

"지금 일본 황실의 문제와 극우 세력의 문제, 그리고 동생 분의 문제요."

"너무 노골적이군."

"황태자 전하께서 비공식적으로 내줄 수 있는 시간이 별로 없지 않습니까?"

"자네를 어떻게 믿고?"

다짜고짜 와서 속내를 보여 달라는 말에 덥석 응하기에는, 요히토는 충분히 정치적 경험이 있었다.

그리고 그렇기에 신동하가 먼저 입을 열었다.

"저는 요히토 황태자님이 천황가를 이어 가야 한다고 생각합니다."

"그거야 당연하지 않은가, 내가 황태자인데?"

"그리고 그 차기 천황가는 아이사코 공주님이 이끌어 가는 게 맞다고 생각합니다."

요히토의 얼굴이 미세하게 꿈틀거렸다.

사실 일본에서 천황가는 정신적 지주나 마찬가지다.

그래서 일반인들은 보통 그런 문제에 대해 언급하는 것을 조심스러워한다.

"제정신인가?"

"충분히 제정신인 상태에서 드리는 말씀입니다."

"이건 황실에 대한 불경일세."

"하지만 그 불경은 이미 정치인들이 하고 있지요. 황실은 저항하지 못하고 있고요."

요히토는 잠깐 입을 다물었다. 그 말이 사실이니까.

아무리 그가 노력해도 바꾸지 못하고 있다.

그는 황태자이지 천황이 아니기 때문이다.

"아마도 황태자께서는 천황이 되신다면 이 상황을 대대적으로 고치려고 하시겠지요."

요히토는 아무 말 하지 않았다.

신동하의 말은 너무나 조심스러운 것이었으니까.

"그렇게 천황가가 반석 위에 올라간다 해도, 동생분이 황위를 이으실 테고 모든 걸 다 부수어 버릴 겁니다."

"……"

요히토 역시 그걸 모르는 바가 아니다.

타이토는 권력을 지키기 위해 극우 세력과 손을 잡았다.

극우 세력은 황실이 허수아비로만 남아 있는 것을 원한다. 당연히 자신이 한 모든 개혁은 의미가 없어진다.

아니, 그때는 분명 지금보다 황실의 존재 가치가 더 떨어질 것이다.

최악의 경우 황실 자체가 사라질 가능성도 분명 존재한다.

"너무 위험한 발언을 하는군."

"위험하지만 천황가를 위한다면 나서야 하는 일이지요. 지금 천황가에 진정으로 충성을 바치는 사람이 얼마나 되겠습니까?"

천황이라는 존재는 정치를 하지 못한다.

그래서 허수아비다.

"하지만 천황을 지지하는 사람들이 정치를 못 하는 건 아니지요."

"그건……."

자기 지지 세력이 있고 없고의 차이는 어마어마하다.

영국 왕실 역시 정치를 하지 못한다.

하지만 영국 왕실의 지지 세력이 정치를 하기에 그들의 정치 능력을 무시할 수는 없다.

"하고 싶은 말이 뭔가?"

요히토의 말에 신동하는 서류를 하나 내밀었다.

"긴 시간을 내주실 수 없다는 건 압니다. 그 모든 걸 이야기할 정도로 긴 시간이라면 분명 정치인들도 우리의 만남에 관심을 가질 겁니다. 그러면 황태자 전하도 저도 곤란하지요."

"그래서?"

"이 안에 모든 내용이 다 들어 있습니다. 보시고 태워 주시면 됩니다. 동의하신다면 어떠한 신호든 보내 주시면 됩니다."

그에게 허락된 시간은 고작 20분. 그마저도 간신히 잡은 시간이다.

황태자라는 특성상 모든 것이 드러난 삶을 살아야 하기 때문이다.

"나에게 힘든 선택을 강요하는군."

"황태자 전하께서 일본을 이끌기 위해서는 어쩔 수 없는 일이지요."

요히토는 심각한 표정이 되었다.

그는 일본을 지배할 생각은 없다.

하지만 일개 정치인에게 쓸모없는 천황가라는 소리를 들을 정도로 위신이 떨어진 천황가의 이름을 다시 드높일 필요는 있었다.

"물러가게."

짧은 말. 하지만 동시에 그는 자신의 앞에 놓인 봉투를 슬쩍 품으로 집어넣었다.

"알겠습니다, 황태자 전하."

신동하는 고개를 숙이고 뒤로 물러났다.

사실 요히토가 어떤 선택을 하든 자신들의 목적을 위해 외부에서 자극하는 것은 어려운 일이 아니다.

다만 안에서 호응하는 것과 하지 않는 것은 효과가 극단적으로 다르기 때문에 일단 이야기는 꺼내 봐야 했다.

더군다나 이쪽에서 밀어주는데 저쪽에서 침묵이라도 하고 있어야지, 만일 적극적으로 아니라고 하면 이쪽도 상황이 애매해지니까.

⚖️

얼마 후 신동하에게 극비리에 편지가 왔다.

"어떤 내용입니까?"

"그냥 별 내용 없습니다. 일상적인 안부죠."

신동하는 피식 웃으며 말했다.

"다만 저와 황태자 전하가 안부를 물을 정도로 친밀한 관계가 아니라는 게 문제일 뿐이죠."

"요히토 쪽에서 결심이 선 모양이군요."

원래 역사에서 요히토는 결국 동생을 황태자로 책봉하고 만다.

그럴 수밖에 없다. 아무리 그가 세상을 바꾸려고 해도 지지 세력이 없었으니까.

"상황은 달라졌으니까요."

인터넷에서 자신들이 움직이기 시작했고, 그 결과 조금씩 그 문제에 대해 사람들이 관심을 가지기 시작했다.

"이제 그들을 왕으로 만들어 보죠. 진짜 왕으로 말이지요."

"그러면 먼저 화장 전문가들을 보내야겠네요."

노형진이 맨 처음 계획을 가지고 왔을 때 신동하는 어이가 없었다.

하지만 스스로 연예계에 있기에 안다. 화장의 위력이 어느 정도인지 말이다.

"아이사코 공주는 분명 재녀입니다. 충분히 능력 있는 커리어 우먼이 될 수 있지요. 다만 그녀는 지금까지 다른 사람들의 극단적인 견제를 받아 왔습니다."

그럴 수밖에 없다.

지금이야 남자 후계자가 태어나서 덜하다지만 차기 천황이 될 가능성이 높았으니까.

"타이토 쪽에서도 그녀를 무척이나 싫어하고요. 소문으로는 과거 왕따 사건이 타이토 쪽에서 설계한 거라는 이야기도 있더군요."

그 진실은 알 수 없지만 그런 이야기가 안 나올 수가 없는 게 일본의 황가의 공주를 아무것도 모르는 아이들이, 그것도 초등학생이 단순 왕따도 아닌 폭행을 한다는 게 말이 안 되기 때문이다.

이것이 법이다

"그럴 가능성이 높습니다. 타이토는 형인 요히토에게 일종의 패배감을 가지고 있으니까요."

그보다 잘나고 그보다 인기도 많았으며 그보다 똑똑하고 심지어 황태자이기도 한 형이다.

하지만 권력욕 자체는 타이토가 더 많았기에, 그는 형에 대한 극심한 패배감을 가지고 있다고 판단되고 있다.

"지금은 그러한 압박이 덜해졌지요. 하지만 그로 인해 그녀의 신분이 붕 떠 버렸습니다."

후계자로 대우하자니 남자 계승자가 존재한다.

그렇다고 마냥 무시를 하자니 황위 계승 서열 4위다.

"그런 그녀를 띄움으로써 궁극적으로 요히토에게 힘을 실어 줄 수 있을 겁니다."

그리고 그 첫 번째 작전이 바로 그녀의 외모를 가꾸는 거다.

물론 그녀의 얼굴은 언론을 통해 많이 드러나 있어서 대부분의 일본 국민들이 알고 있다.

"그러니 성형수술을 하는 것은 불가능하지요. 하지만 화장이 제2의 가면이라고 하는 데에는 이유가 있습니다."

현재 일본의 화장 기술은 그다지 발전하지 않았다.

더군다나 일본의 황실은 그러한 화장을 잘 안 한다.

정확하게는, 하기는 하지만 기본적인 수준의 화장만 한다.

"전통이라는 이름하에 새로운 기술을 받아들이지는 않으니까요."

하지만 현대에 와서 화장은 엔터테인먼트의 기본 중 기본 이다.

"그러니 아이사코 공주에게 화장 전문가를 보내는 겁니다."

그것도 아이돌 화장 전문가로 말이다.

아무리 아이사코가 폐쇄된 삶을 살아왔다고 한들 그녀 역시 여자이고 아름다움에 대한 갈구는 있다.

"그녀가 아름다워질수록 사람들에게 이슈가 될 테지요."

그리고 그녀가 뜰수록 사람들의 관심은 요히토에게 쏠리게 될 것이다.

"그리고 그때부터 우리가 움직이면 됩니다, 후후후."

⚖️

얼마 후 신동하는 화장 전문가를 그쪽으로 보냈다.

물론 황실에서는 탐탁지 않아 했다.

외부 인사가 들어온다는 것 자체가 천황가에 대한 모독이라고 생각하는 성향이 강했으니까.

하지만 요히토는 그걸 굳이 밀어붙였다.

그럴 수밖에 없는 게, 그를 미워하고 견제하는 세력 중에는 일본의 황실을 지원하는 궁내청 역시 포함되어 있기 때문이다.

그들의 견제가 오죽 심하면 그의 아내가 몇 번이나 유산을 겪을 정도로 스트레스를 받기도 했다.

아마도 그 유산된 아이 중에는 남자아이도 있었을 테니, 그 아이를 낳았다면 타이토는 권력을 잡지 못했을 것이다.

실제로 요히토가 결혼했을 때 궁내청은 그의 아내를 집요하게 괴롭힌 것으로 소문이 나 있었다.

어느 정도냐면, 공식 석상으로 나가는 요히토의 아내에게 수십 년 전의 옷을 입혀서 보냈다.

딱히 역사 같은 게 담겨 있는 옷도 아니었다. 말 그대로 구닥다리일 뿐.

그들이 추구하는 것은 오로지 전통.

쉽게 말해서 일본의 궁내청은 꼴통 보수의 아성 같은 곳이었다.

"전통을 지켜야 합니다! 어디 출신인지도 모르는 미천한 여자를 궁 내부로 불러들인다는 게 말이나 됩니까!"

"그놈의 전통! 전통! 그 전통이라는 게 언제까지 지켜져야 하는 겁니까? 시대가 바뀌는 걸 왜 인식하지 못하는 겁니까!"

결사적으로 반대를 하는 궁내청과, 어떻게 해서든 신동하가 보낸 사람을 들이려고 하는 요히토.

그들의 대화는 평행선을 달렸다.

"하지만 전통적으로……."

"그렇게 전통에 매달릴 거면 궁내청은 우리가 정치인들에게 그렇게 무시당할 때 뭐 하고 있었습니까? 천황가가 일개 정치인에게 쓸모없는 집단 취급을 당하는 게 전통입니까?"

"아니, 그건…… 저희가 이의를 제기했고……."

"이의만 제기한 거죠!"

요히토와 궁내청은 사이가 좋지 않다.

아니, 좋을 수가 없다.

궁내청은 어떻게 해서든 자신들이 지지하는 타이토에게 황권이 넘어가게 하기 위해 노력하고 있었고, 그 과정에서 요히토를 철저하게 무시했기 때문이다.

아이러니하게도 천황을 모신다는 그들이 천황가를 가장 무시하는 세력 중 하나인 것이다.

천황이 나가는 모든 행사뿐만 아니라 입는 옷 한 벌, 먹는 음식 하나까지 궁내청의 허가를 받아야 한다.

아니, 그 정도를 떠나서, 궁내청은 공식적인 행사조차도 무시하려고 한다.

실제로 요히토가 가기로 되어 있던 올림픽 개회식의 스케줄을 궁내청이 무단으로 조정해서 타이토를 내보내려고 한 적도 있었다.

그를 전면에 내세우려고 했던 것이다.

그러나 그건 외교적으로 심각한 결례였기에 일본의 외무성조차도 따지고 들자 어쩔 수 없이 요히토 일가가 나갔다.

하지만 그 당시에 무려 20년이나 된 옷을 내줌으로써 그들에게 창피를 주었고, 그래서 요히토는 권력을 잡으면 가장 먼저 궁내청부터 개혁하겠다고 생각하고 있었다.

당연히 그들은 요히토가 하는 모든 것을 반대할 수밖에 없었다.

그들의 꼰대 짓이 얼마나 심한지, 일본에선 왕자들의 결혼 후보로 올랐다는 사실 하나만으로도 여자들이 다급하게 해외로 도피성 유학을 떠나거나 다른 남자와 결혼을 해 버릴 정도로 그들은 국민들에게 악명이 높았다.

"하지만 품격 없이 화장이라니요!"

"품격? 화장이 품격 없는 행동이란 말입니까?"

그렇게 말하면서 요히토는 좌중을 돌아보았다.

"그러면 이 안에 있는 여성 궁내청원들은 모조리 해고하겠습니다."

"네? 아니, 그게 무슨 말씀이십니까?"

"여기 여성 궁내청원들은 품격 없이 화장을 함으로써 우리 천황가를 모독한 거 아닙니까?"

"아니, 그게……."

궁내청원들은 아차 했다.

사실 여성 궁내청원들만의 문제가 아니다.

남자들도 간단한 스킨과 로션 정도는 바르니까.

애초에 외모를 단정하게 하지 않으면 출근을 안 하니까.

그것도 화장이라고 하면 화장이라 할 수가 있다.

"우리가 공식 행사를 할 때도 간단하게 화장을 합니다. 그런데 그 전문가를 초빙한다는 게 문제가 되나요? 더군다나 우리가 돈을 내는 것도 아니고, 외부에서 천황가를 존경하는 사람이 보내 주는 것뿐인데도요?"

돈을 주는 것도 아니다.

오로지 출입증 하나를 주는 것뿐이다.

"아니면 황태자의 자격이, 황실 출입증 하나 내주지 못할 정도인 겁니까?"

궁내청은 찍소리도 못 했다.

그들이 아무리 궁내청원으로서 권력을 휘두른다고 해도 결국은 황실에서 일하는 사용인일 뿐이다.

'지금까지와는 다르다.'

요히토는 지금까지 그들의 전횡을 모르지 않았다. 아니, 누구보다 잘 알고 있었다.

하지만 힘이 없었기에 모른 척한 것뿐이다.

하지만 외부에 지지 세력이 생겼고 그들과 이야기도 끝났다.

'궁내청부터 정리한다.'

그들을 정리하는 것에서부터 그는 개혁을 시작할 생각이 었고, 그러기 위해서는 국민들의 지원이 필요했다.

그리고 그 첫 번째가 바로 화장 전문가의 출입이었다.

물론 마음 같아서는 잘라 버리고 싶다.

하지만 궁내청에 들어온 사람들은 소위 명문가의 사람들이다. 그러니 쉽게 자를 수도 없다.

"지금 황실을 무시하는 겁니까?"

"황실을 무시하는 게 아니라 전통을 지키려고 하는 겁니다."

궁내청에서는 어떻게든 입장을 막으려고 했다.

하지만 요히토는 만만한 사람이 아니었다.

그는 과거에 결혼을 반대했던 궁내청의 말을 철저하게 무시하기도 했던 사람이고, 또 그들이 딸을 괴롭히자 그들과의 전쟁도 불사했던 사람이다.

그간 조용히 살았다고 해서 그의 성격이 죽은 건 아니었다.

"그래서 공식 석상에 나가는데 화장도 하지 않고 나가라?"

"그건 아니고…… 왜 굳이…….."

분명 화장을 담당하는 사람이 있기는 하다.

하지만 그들 역시 궁내청원. 현대적 꾸밈에 대해서는 전혀 아는 게 없는 사람이다.

그래서 황실의 사진을 보면 대부분 아주 오래된 스타일을 고수하고 있다.

"더 이상 반대한다면 황실에 대한 모독으로 받아들이겠습니다."

요히토는 궁내청에 대놓고 선전포고를 했다.

그러자 다들 얼굴이 딱딱하게 굳었다.

궁내청의 사람들이 모두 명문가 출신이라고 하지만 황실에 비할 바는 아니기 때문이다.

"그리고 이걸 보고도 그런 말이 나오나 봅시다."

"뭘 말씀하시는 건지?"

"들어오거라."

요히토가 부르는 말에 문이 열리면서 조용히 회의실 안으로 들어오는 한 여자.

"누굽니까?"

"누군지 모르겠습니까?"

"황태자 전하, 아직 허락도 받지 못한 여성을 안으로 들이시면 전통에 위배됩니다."

전통이라는 말을 하면서 기겁을 하는 궁내청원.

하지만 다음 순간 입을 다물었다.

"아이사코 공주입니다. 죄다 눈이 삐었습니까?"

"아…… 아이사코 공주라고?"

"저 사람이?"

아이사코 공주는 타이토의 딸들보다 못생겼다는 것이 일반적인 평이다.

전체적으로 못생긴 건 아니나 코가 좀 균형이 맞지 않았기 때문이다.

그런데 그런 약점이 완벽하게 커버되었다.

"아이사코 공주는 여자아이입니다. 여자아이가 화장을 하고 다니는 게 뭔가 잘못되었나요?"

"그건 아니지만 전통이……."

"그러면 전통에 따라 천황 폐하께 충성의 맹세를 해 줄 수 있습니까?"

"네?"

"전통 아니었나요, 그게?"

궁내청원들은 입을 다물었다.

전통에 따라 충성의 맹세를 하면 자신들은 결국 천황의 꼭 두각시가 된다.

당연히 자신들이 쥐고 있던 모든 권력을 다 잃게 된다.

'당연히 그럴 생각은 없겠지.'

요히토가 궁내청을 싫어하는 이유가 바로 그거다.

입으로는 전통을 이야기하지만 실상 목적은 자신들의 권력이다.

천황조차도 자신들이 지배하고 있다는 그 권력.

그것 때문에 그들은 지금까지 천황가를 통제했다.

'이제는 아니야.'

하지만 요히토는 그러한 자들과 이제 거리를 둘 생각이었다.

아니, 명문가라는 것 자체를 모조리 날려 버릴 생각이었다.

그는 해외 활동이 많다.

그래서 안다, 일본이 유사 민주주의국가라는 소리를 듣는 다는 것을.

'그걸 고치겠어.'

말을 하지 못하는 궁내청 사람들을 바라보면서 요히토는 차분하게 물었다.

"충성의 맹세 하실 분 계십니까?"

⚖️

"궁내청이야말로 천황가를 통제하는 가장 큰 권력기관이니 첫 번째 고비라 할 수 있지요."

오죽하면 일본의 정치인들도 궁내청은 좋아하지 않는다. 꼴통이라고 말이다.

"꼴통 중의 상꼴통인 일본 정치인들이 그런 표현을 할 정도면 답이 안 나오는 수준인 거지요."

그렇다고 과거처럼 덴노 헤이카 반자이를 외칠 정도로 충성을 다하는 것도 아니다.

그들은 오로지 자신들의 권력을 지키기 위해 저러는 것이다.

"그러니 이번에는 요히토 황태자가 무리를 해서라도 그들을 무시해야 합니다. 물론 반격이 심할 겁니다."

궁내청원들이 명문이라는 것은 그들이 황태자에게 저항할 힘이 있다는 것이다.

"그리고 그걸 외부에서 막아 줘야 하는 게 우리고요."

명문가라는 것. 그건 결국 돈으로 이루어진다.

아무리 한때 귀족이거나 양반이었어도 결국은 돈이 없으면 문제가 생기기 마련이다.

"그래서 궁내청 멤버들의 이름을 조사하신 거군요."

궁내청에서 일하는 사람들은 천황가와 접촉하는 모든 사람들에 대해 조사를 한다.

말로는 안전을 위해서라지만 자신들에게 위협이 될까 봐서다.

"하지만 정작 그들은 조사 대상이 된 적이 없지요."

"하지만 그렇게 한다고 그들이 꼬리를 말까요?"

신동하는 우려 섞인 말투로 물었다.

그들은 말 그대로 수구 꼴통이다. 남의 말을 절대 안 듣는다.

"들을 겁니다. 결국 그들이 그러는 건 권력을 위해서거든요. 그리고 그렇게 전통이니 뭐니 하는 작자들이 매달리는 건 진짜 전통이 아닙니다. 그 전통으로 포장된 자신들의 권력 기반이지요."

지금까지 그걸 흔드는 사람은 없었다.

"하지만 우리가 외부에서 그걸 흔들기 시작하는 순간 그들은 찍소리도 못 할 겁니다. 황태자가 이제 힘을 가지고 있다는 걸 알 테니까."

그리고 진짜 싸움은 그때부터였다.

"과연 무슨 소리가 나오는지 두고 보자고요. 후후후."

다음 권으로 이어집니다

꿈의 도약, 로크에서 하십시오
(주)로크미디어에서 신인 작가를 모십니다

즐거운 세상, 로크미디어는 꿈을 사랑하고 도전을 두려워하지 않는 작가 분들의 참신한 작품을 기다리고 있습니다. 21세기 장르 문학계를 이끌어 갈 차세대 선두 주자 (주)로크미디어에서 여러분의 나래를 활짝 펴 보시길 바랍니다.

모집 분야 판타지와 무협을 포함한 장르 문학
모집 대상 아마추어 작가, 인터넷 작가
모집 기한 수시 모집
작품 접수 시 유의 사항
　　1. 파일명은 작가명_작품명.hwp형식을 갖춰 주십시오.
　　1. 파일에 들어갈 내용은 다음과 같습니다.
　　　　─ 성명(필명인 경우 실명을 밝혀 주세요), 연락처, 이메일 주소
　　　　─ 제목, 기획 의도
　　　　─ A4용지 1장 분량의 등장인물 소개
　　　　─ A4용지 2장 분량의 전체 줄거리
　　　　─ 본문
　　1. 작품이 인터넷에 연재되고 있다면, 게시판명과 사이트의 구체적이고 정확한 주소를 기재해 주십시오.

선택된 작품은 정식 계약 후 출판물로 간행되어 전국 서점에 유통됩니다.
작가 분은 (주)로크미디어의 전폭적인 지원하에 전속 작가로 활동하시게 됩니다.
※ 자세한 내용은 로크미디어 홈페이지(rokmedia.com)를 참조하세요.

(03920)서울시 마포구 성암로 330 DMC첨단산업센터 3층 318호
(주)로크미디어 편집부 신간 기획 담당자 앞
전화 : 02) 3273 - 5135
www.rokmedia.com　　이메일 : rokmedia@empas.com

무림 초보 천마 만들기

쥬레이 신무협 장편소설

무공을 1도 모르는 무림 초보도 천마가 될 수 있다!
킹메이커를 뛰어넘는 천마 메이커!

신상 무협 게임에 접속하려다 정신을 잃은 서정후
느닷없이 무림에 떨어진 데다 뇌옥에 갇힌 채 눈을 뜨는데……

당신도 될 수 있다, 최강의 천마!
목표를 이루실 수 있도록 돕겠습니다.
'무림 초보! 천마로 만들기!' 지금 시작합니다.

새로운 세계에 적응하기도 전에 나타난 수상한 홀로그램 창은
하루하루 밥 벌어먹기도 힘든데 천마가 되라고 한다?

가진 것 하나 없이 밑바닥에서부터 기어오르는
근본 없는 놈의 대반전 천마 도전기!

회귀자를 건드리면 벌어지는 일

이해날 퓨전 판타지 장편소설

복수력 MAX! 통수력 MAX!
판타지에서도 이해날의 대유잼은 계속된다!
『회귀자를 건드리면 벌어지는 일』

인류의 존망을 걸고 이계와 싸우다
배신당하고 과거로 돌아간 유성현
유쾌된 신 지르힐과 계약하고
자신이 예언 속 인물임을 알게 되는데……

"그와 계약한 존재는 전지전능해진다고 하지.
그 힘을 취하기 위한 전쟁이 일어난다면,
넌 어떻게 할 생각인가?"

힘을 탐내는 존재들을 죽이고 이용해
인간을 초월하지만
그가 바라는 것은 오직 인류의 승리뿐!

무량대수의 미래, 그중 단 하나의 가능성을 찾아라!
두 개의 세상이 격변하는 통쾌한 반전이 시작된다!